KB155203

맛김 현대 판타지 장편소설

WISHBOOKS MODERN FANTASY STORY

책 먹는
배우님

책 먹는 배우님 6

맛김 현대 판타지 장편소설

초판 1쇄 찍은 날 | 2019년 4월 10일
초판 1쇄 펴낸 날 | 2019년 4월 17일

지은이 | 맛김
펴낸이 | 예경원

기획 | 위시북스
편집책임 | 이규재
편집 | 위시북스

펴낸곳 | 예원북스
등록번호 | 제396-2012-000132호
등록일자 | 2012. 7. 25
KFN | 제1-395호

주소 | 경기도 고양시 일산동구 호수로 646-24 위너스21II빌딩 206A호 (우)10401
전화 | 031-819-9431 팩스 | 031-817-9432
E-mail | yewonbooks@naver.com

ISBN 979-11-6424-243-6 04810
      979-11-89701-14-7 (set)

맛김 현대 판타지 장편소설

WISHBOOKS MODERN FANTASY STORY

책 먹는 배우님

Wish
Books

책 먹는 배우님

CONTENTS

··· 1장 ···

선물 같은 영화(2)

영화 '제작'이 하는 일은.

자금 조달, 촬영 팀 섭외, 로케이션 확보, 장비 대여 등 광범위하게 걸쳐져 있다. 감독이 이런 제작 업무를 겸하는 경우는 매우 흔한 일이다.

본인 영화사에서 만드는 작품 모두를 연출할 수는 없는 노릇이고, 감독의 '이름값'이 있다면, 자금 조달이나 스텝진을 꾸리는 일도 수월할 수밖에 없으니까.

감독의 이름값이 높을수록, 단순한 연출뿐만이 아닌 기획, 제작같이 영화 전반에 걸쳐 영역을 확장한다.

나는 박진우 연출에게 이런 부분을 부탁했고.

-정말이요? 그럼 도와드릴게요.

〈7년의 기억〉 이후, 뚜렷한 항로를 정하지 않았던 박진우 연출은 내 일등항해사가 되어주기로 약속했다.

-시나리오 다 쓰시면 꼭 보여주세요.

"으음, 그런데 너무 기대는 하지 마세요."

-네. 기대는 안 할 테니, 마음의 준비 단단히 하시고요. 설렁 설렁 봐드릴 생각은 없으니까요. 하하!

"……."

이거, 너무 무섭잖아.

미국에서의 시간은 시위를 떠난 화살처럼 빠르게 흘렀다.

〈데드 매니악〉 시즌1 촬영은 막바지에 달했고, 영화 〈패브 리케이터〉의 촬영은 시작되었다.

그사이 있었던 일이라면.

[〈7년의 기억〉, 역대 흥행 4위. 1,600만 관객 동원!]

한국에서 〈7년의 기억〉이 역대급 성공을 거두었다는 것.

박진우 연출은 메이저 데뷔작으로 단번에 천만 감독이 되었고,

일본, 중국, 홍콩, 미국, 프랑스, 인도 등. 세계 굴지의 영화 배급사들은 〈7년의 기억〉 판권을 위해 손을 내밀었다.

영화사 너울은 밀려들어 오는 제의에 기존 업무가 마비될 지경이라고 했다.

이번 일로 조만간 미국 극장가에 개봉할 예정이라고도 하니, 벌써부터 기대가 크다.

"데드 매니악 방영 시기랑 시기 겹칠 것 같지 않아?"

"그럴지도 모르겠네요."

예상치도 못했던 호재.

〈7년의 기억〉이 가지고 있는 적당히 무게감 있는 스토리와 어두운 영화배색은 한국보다 오히려 미국의 입맛에 더 맞을지도 모른다.

영화를 보고 나면 묘하게 오웬 형제가 떠올라 두 영화에 대해 갑론을박이 펼쳐지는 영화. 〈7년의 기억〉이 가지는 서스펜스는 탁월했고, 벌써부터 미국 영화 평론사이트에 이름을 오르내리며 평점 9.4점의 훌륭한 스코어를 기록했다.

"잘하면 줄줄이 터지겠는데…… 연쇄 폭탄처럼."

〈7년의 기억〉, 〈데드 매니악〉이 연거푸 터지고 찍어 두었던 〈아다지오〉가 터진다.

그럼, 올 연말에 내 얼굴이 전미에 알려지게 되고 이 연쇄 폭탄은 내년 상반기까지 문제가 없다.

"아! 기대하지 마세요. '피서' 때도 기대했다가 성적 저조했잖아요."

"흐흐, 그때랑은 또 다르지. 이번에는 네가 주연인데. 그나저나 박 감독님은 미국에 언제 오신다고 하셨지?"

"다음 주요."

박진우 연출이 조만간 미국에 방문한다.

〈7년의 기억〉 판권 수출에 관한 방문. 그 외에도 또 다른 업무가 있다고 했는데 그게 무슨 일인지는 내게도 알려주지 않았다.

"무슨 일이시지? 네가 쓰고 있는 그 시나리오 손봐주시려고 오시는 거 아냐?"

나는 영화 시나리오 작업을 시작했다.

내 시나리오 작업에 도움을 주려는 깜짝 방문이 아니냐는 재익이 형의 추리는 꽤나 탁월한 듯 보였지만.

나는 고개를 저었다.

"제 생각에는 미국에서 작품 하나 하시지 않을까 싶은데."

"응?"

단순한 추측일 뿐이지만, 이미 〈양치기 청년〉으로 세계무대에 이름 석 자를 널리 알린 바 있다. 거기다 〈7년의 기억〉을 통해 아시아 극장가에 강풍을 불어 일으켜, 해외에서 탐내는 감독이 되었다.

그는 재능 가득한 젊은 감독이니까!

"왜, 선댄스 영화제 끝나고 옴니버스 영화지만 할리우드에서 함께 일해보지 않겠느냐는 제안도 받으셨잖아요."

"아! 그렇지! 그게 제일 가능성 높겠다. 할리우드에서 입봉

하는 한국인 감독이라!"

뭐, 아직 섣부른 추측일지도 모르지만.

"뭐가 되었든, 박 감독님은 잘되실 거예요."

"그렇겠지. 아이고, SAFA 건물에서 보았던 그 신인 감독님이 벌써 천만 감독이라니. 세월 참 빠르다, 빨라."

박진우 연출은 날아오르고 있다.

"이제는 저만 잘하면 되겠네요."

"응? 그게 무슨 소리야? 이보다 더 잘하고 있을 수가 있나? 자신감을 가져."

"푸흡, 네."

말은 이렇게 했지만, 자신감은 가득 차 있는 상태다.

드라마 〈데드 매니악〉의 촬영 주도권은 내가 가져왔고.

오웬 형제들과의 관계에도 아무런 문제가 없다.

약간의 문제가 있다면.

"……."

지금 쓰고 있는 시나리오 정도.

아직 제목도 정하지 못한 시나리오를 열심히 머리 굴려 가며 쓰고는 있지만, 이야기의 결말이 나지 않은 상황이라.

[?/?]

내 능력의 도움을 받을 수 없다.

일단 빠르게 완결까지 쓴 상태로, 능력의 도움을 받아 대본을 수정하는 작업을 해야 한다.

음, 3개월 안에는 할 수 있겠지?

"자, 도착했습니다."

에이전트 빌이 차량을 정차시켰다.

몇 번 와봤다고 벌써 익숙해진 LA 한인 타운. 한국과는 분위기가 많이 다르지만 곳곳에 보이는 한글 간판과 한국인들 덕분에 나름대로 한국적인 느낌을 느낄 수 있다.

나는 두꺼운 롱 패딩 지퍼를 턱 끝까지 채우고 현장을 향해 걸었다.

"아! 오셨어요!"

"어서 와요! 재희!"

연출팀들이 나를 반기고, 스텝들이 내게 윙크를 날렸다.

영화 〈패브리케이터〉 촬영장. 철저히 나를 중심으로 돌아가는 촬영장.

촬영 현장으로 들어서자 여기저기서 내 이름과 함께 부러움 섞인 탄식이 터져 나왔다.

"와, 도재희다."

"……"

이런 반응은 이미 익숙하다.

한정적인 인지도랄까.

"여기"

재익이 형이 내 얼굴이 프린팅된 스크립트 대본을 건네주었다.

#14. 사무실.

이직을 결심한 내가 영화 특수의상 팀 면접을 보는 장면이다. 머릿속에 굴러다니는 대사들을 요리조리 다듬고 있을 때, 내게 악수를 청하는 흑인 배우가 등장했다.

"헤이, 재희."

마이클 D. 조나단.

30대 후반의 아프리카계 미국인 배우였다.

스타급의 유명 인지도를 구가하는 배우는 아니지만, 오웬 형제들의 전작과 전전작에 출연한 실력파 배우다. 이번 영화에서는 내 사수 역할로 깨알 같은 코미디 연기를 보여줄 예정이다.

"재희, 잘 지냈어요?"

"그럼요. 마이클은 어때요?"

"저는 매일 좋죠. 그러고 보니, 재희는 오웬 감독님들과는 촬영이 처음이죠?"

"네. 처음입니다."

처음이라는 말에 마이클이 눈을 게슴츠레하게 뜨며 웃었다.

"오케이. 좋아요. 내가 오웬 감독님들과 작품만 벌써 세 개째인데. 한 가지 충고할게요. 음, 조언이라는 말이 어울리겠네. 들어볼래요?"

"오, 어떤 건가요?"

"이것만 명심해요. 오웬 감독님들은 절대 애드리브를 허용하지 않아요."

"……."

애드리브 금지라.

장난스러운 얼굴로 던진 조언이지만, 그 말의 무게는 실로 대단했다.

"……정말요?"

"정말이에요. 오웬 감독님들 앞에서 이제껏 애드리브를 성공한 배우는 단 한 명도 없었어요."

영화는 감독 예술이고, 오웬 감독은 머릿속에 있는 정확한 이미지만을 캐치해 장면을 '배열'한다.

애드리브를 원하고 장려하며 더 끌어내려는 감독이 있는 반면, 이런 감독의 세계관을 어지럽히는 방해요소로 받아들이는 감독도 존재한다. 그런 의미에서 오웬은 철저한 후자.

"토씨 하나 안 틀리도록 조심해요. 자신들이 쓴 스펠링 하나에 힘이 실려 있다고 생각하는 사람들이니까."

철저하게 계산된 연기를 좋아한다.

"일전에 그것도 모르고 갖가지 애드리브로 연기 끝내고 칭찬을 기다리던 배우 한 명이 욕을 엄청 얻어먹었다고. '그따위로 할 거면 나가!' 이렇게."

배우가 감독 성향에 맞추는 것은 기본 중의 기본.

나는 고개를 끄덕이며 웃어 보였다.

"마이클, 조언 고마워요. 새겨들을게요."

애드리브 금지만 조심하면, 괜찮다 이거지? 간단한데?

그때, 코너 오웬이 등장하며 메가폰을 들고 내게 외쳤다.

"재회! 어서 와요! 오늘 신나게 한번 찍어 봅시다!"

세상, 사람 좋은 얼굴을 하고.

그 모습을 보던 마이클이 내게만 들리는 목소리로 말했다.

"사람 좋아 보이죠?"

"네?"

"저 얼굴이, 촬영장에서 어떻게 바뀌는지 잘 봐요."

"……음?"

"여러 가지 의미로 전설적인 사람들이에요."

그는, 첨언하며 말을 마무리 지었다.

"악마요, 악마."

"……."

아, 그러세요.

"이것들이 내 영화 말아먹으려고 아주 작정을 했군! 시간이 몇 시야! 제기랄! 이래가지고 한 신이라도 찍겠냐고!"

"소품이 왜 이따위지? 내가 이런 걸 주문했나? 이런 쓰레기를 카메라에 담으라는 말이야? 테이블은 왜 브라운색이지? 내가 분명 스테인리스 테이블로 준비하라고 했을 텐데! 한눈에 보기에도 차갑고 냉혹해 보여야 한다고!"

코너, 오너 형제들은 그야말로 현장의 무법자였다.

"제기랄! 보고 있자니 속이 다 터지는군! 비켜! 내가 직접 옮길 테니까."

가만히 있는 법 없이 크루들에게 채찍질을 가하며 본인들이 직접 소품을 들고 나르기도 했다.

"……."

뭐랄까……. 여유로운 할리우드 환경과는 다른, 한국 드라마 팀에게서 보던 모습이랄까.

〈청춘열차〉의 문병철 감독이 떠오른다.

오윈 형제들은 마이클의 말대로 '악마'의 면모를 보여주고 있지만, 이런 작은 디테일도 놓치지 않는 고집이 그들을 지금의 명장으로 만들었으리라.

"다 죽어버려어어어어!"

"……."

그렇게 믿고 싶다.

우여곡절 끝에 준비가 끝나고, 스탠바이 위치에 섰다.

"슛 들어가기까지 정확히 17분이 걸리는군."

코너 오웬이 편안한 얼굴로 메가폰을 들며 말했다.

"재희! 연기 편하게 해요. 어차피 늦었으니까."

"……."

엄청 불편한데요.

일상과 영화, 사람이 어떻게 이렇게 달라지지.

마치, 지킬 앤 하이드를 보는 것 같다.

적잖이 당황하고 있는 나에 반해 스텝들이나 전작을 이미 경험한 마이클 같은 배우들은 평온한 표정으로 말했다.

"저 정도면 아직 괜찮은 거니까, 너무 신경 쓰지 말아요."

"……."

아, 그러세요.

도대체 뚜껑이 열리면 어떻게 변하는 거지?

부디, 그 모습을 볼 일이 없기를 바라며 나는 호흡을 가다듬었다.

잘하자.

애드리브 없이 연기하는 것. 온전히 텍스트가 가지고 있는 힘만으로 연기하는 것은, 내게 너무나 익숙한 방법이다.

또, 내가 가장 자신 있는 방법.

"갈게요!"

차갑게 식어버린 분위기를 바꿀 방법은, 내가 잘하는 것뿐이지.

나를 고정하고 있는 ENG 카메라에 빨간 불이 번뜩였다.

곁눈에 들어오는 빨간 불과 동시에 나는 텍스트에 완벽하게 살고 있는 '세인트 리'의 삶에 녹아들었다.

액션 사인과 동시에 열리는 내 입술. 감정이 들어간 호흡, 삶의 흔적을 엿볼 수 있는 눈. 은은하게 풍기는 힘까지.

나와 마이클의 연기가 끝났다.

그러자 코너 오웬이 말했다.

"컷! 다시 갈게요!"

컷? 다시?

"……."

나는 입을 굳게 다물고 모니터 방향을 바라보았다.

NG라고? 분명, 이상한 부분은 없었는데.

그 순간 코너 오웬이 끼고 있던 헤드폰을 거칠게 벗어던지며 자리에서 벌떡 일어났다.

"이런 젠장!"

코너가 잔뜩 흥분한 상태로 메가폰을 들어 올렸다.

하지만 그의 입에서 튀어나온 말은, 싸해졌던 분위기를 180도 반전시켰다.

"너무 훌륭해요! 그런데, 명백한 내 실수군요. 재희! 다시 한 번 더 갈게요! 이번에는 빌어먹을 애드리브 따위 신경 쓰지 말고 재희가 하고 싶은 대로 연기해요! 똥을 싸든 뭘 하든, 지금 당신 감정에서 하고 싶은 그대로!"

"아."

하이드가 지킬로 변하는 순간!

"뭔가 더, 더! 나올 수 있을 것 같군요!"

코너 오웬의 극찬에 내 맞은편에 앉아 있던 마이클이 눈을 휘둥그레 떴다.

"뭐, 뭐라고……."

그는 진심으로 당황하고 있었다.

"하고 싶은 대로 하라고?"

오웬 형제가 내게 애드리브를 허락했다.

보다 나은 영화를 만들기 위한 오웬 형제의 선택.

'마음대로 연기해 보세요!'

애드리브가 가능하다는 것은 배우에게 씌워진 긴고아가 풀리는 것이나 다름없다. 특히 감독이 써낸 텍스트 한 줄. 스펠링 하나에 힘이 들어 있다고 느끼는 '작가주의' 감독이라면 더욱더 그렇다.

머릿속 가득 들어 있는 책 속의 '세인트 리'의 삶과 내가 직접 보고 느낀 '세인트 리'가 만났다.

이는 완벽하게 준비된 상태로 딱딱하게 굳어 있던 연기에 활력을 부여했고 대사는 살아 있는 활어처럼 팔딱거렸다.

"저, 신문에 올라온 구인광고 보고 왔는데요."

나 스스로도 놀라운 경험. 다음 대사에 부여될 감정을 예측하고, 준비하지 않아도 된다. 아니, 예측되지 않는다.

왜냐고.

"신문 광고? 우리가 그런 걸 올렸던가? 으음, 일본인?"

"……한국인입니다."

그 자체로 이미 '세인트 리'가 되었으니까.

메소드라고 불리는 거창한 단어 따위는 오글거리지만.

이를 설명하기에 가장 효과적인 단어임은 부정할 수 없다.

"한국인? 생소하네. 나이는 좀 많아 보이는데…… 이 일은 해봤어요?"

"네. 자바(LA)에서 7년간 일했습니다."

지문에 기재되어 있는 압축적인 감정 표현, 이에 집중하지 않고 배역, 그대로 몰입한다.

쉽게 생각하자.

내가 뱉는 말이 이 배역이야. 내가 짓는 표정이, 세인트 리라고.

"그런데 다리가 왜 그래요? 어디 불편해요?"

"……다리는 불편하지만, 누구보다 열심히 일 할 자신 있습니다. 손으로 하는 일이니까요."

그 무엇도 정해진 것 없는 생동감 넘치는 연기, 100% 완성된 상태로 약속된 연기를 원하던 오웬 형제들의 마음을 돌려세우는 연기, 감정 한 올, 대사 한 피치. 비커에 넣는 화학 약품처럼 완벽하게 정제된 연기만을 원하던 이들의 고정관념을 깨는 연기.

나는 좀 더 힘 있는 얼굴로 말했다.

"일, 시켜 주십시오. 열심히 하겠습니다."

세인트 리가 오웬 감독들과 자신의 삶에 대해 인터뷰를 나눈 것은 꽤 오래전 일이다.

4년, 그 시간 동안 자신의 삶이 영화화가 될 것이라는 기대감은 이미 버린 지 오래고, 그 당시에 머리를 쥐어짜 내며 했던 인터뷰 역시 잊은 지 오래다.

언제 적 일이야. 벌써, 20년은 된 일들인걸.

어릴 적 소아마비로 한쪽 다리가 불편해졌다.

고교 시절 아버지를 잃으면서 부족함이 없던 삶은 180도 뒤바뀌었고 대학 진학 대신 취업을 선택한다.

하지만 장애라는 이유로 직장에서 해고 통보를 받고, 한국을 떠났다.

그렇게 선택한 미국 이민. 미국은 자신에게 기회의 땅이 될 수 있었다. 그렇게 하고 싶었던 디자인 회사에 취직할 수 있었으니까.

하지만 그는 도전을 멈추지 않았고, 안정적인 직장을 그만두고, 영화 FX(특수)팀에 들어간다.

그리고 이 자리까지 왔다.

아무것도 없이 시작한 할리우드 영화 생활. 불편한 다리와 수많은 편견, 차별과 싸우며 일군 지금의 커리어.

이를 도재희가 어떻게 연기할까. 흘러가는 세월에 조금씩 무던해지며 나조차 희미해진 기억들을.

'언제 촬영장에 방문해 주세요.'

초대장이 왔다. 코너, 오너 형제의 초대장이.

안 그래도 궁금하던 참이라, 스케줄이 없는 쉬는 날 걸음을 재촉해 LA 한인 타운으로 향했다.

"안녕하세요. 조감독님."

현장에 도착하니 조감독이 그를 맞이했다.

"어서 오세요. 마침, 지금 재희가 연기하는 중입니다."

이제껏 참여했던 영화 현장만 몇 곳인가.

세인트 리는 촬영 중이라는 사실을 제대로 인지한 채 입술을 굳게 다물고 현장으로 걸어갔다.

걸어가며 두근거리는 심장을 감출 수가 없었다.

그래서 잠시 멈춰섰다.

"왜 그러세요?"

"모르겠어요. 긴장했나 봐요."

이런 현장, 새삼스럽지도 않은데 자신이 이제껏 참여했던 초대형 블록버스터에 비하면 오히려 초라하게 보이는 촬영장인데 왜 이렇게 떨리는 것일까.

배우가 자신을 연기하고 있기 때문이겠지.

세인트 리는 현장으로 가까워질수록 뜨거워지는 열기에 볼을 붉히며 모니터 앞에 도착했다.

코너 오웬은 헤드폰을 낀 채로 모니터를 주시하고 있었고.

"어서 오세요. 리."

오너 오웬이 대신 세인트 리를 맞이했다. 그리고 목에 걸고 있던 헤드폰을 세인트 리에게 건네주었다.

"들어보세요. 어떤지."

세인트 리는 얼떨떨한 얼굴로 헤드폰을 받아들었다.

그리고 모니터 속의 도재희 얼굴을 주시했다.

"……."

매일 같이 바라보던 영화 속 모니터다.

하지만 모든 기술팀 스텝들이 그러하듯, 자신들의 영역에만 관심을 가진다.

분장 팀은 얼굴이 뜨지는 않는지. 조명 팀은 조명이 튀지는 않는지, 그림자가 생기지는 않는지. 스크립터는 화면에 없어야 할 물건이 있지는 않은지, 연기가 더블(두 가지 다른 연기)되지는 않는지.

의상 팀 역시 마찬가지다. 모니터 속 의상만을 주시하던 그가 처음으로 연출자의 시각으로 모니터를 바라보았다.

아니, 인간 세인트 리의 시선이다.

오너 오웬이 말했다.

"당신이 만족한다면, 이건 더할 나위 없는 영화겠지요."

하지만 그 말은 세인트 리에게 닿지 못했다.

세인트 리는 이미, 모니터 속 도재희에 흠뻑 빠져 있었다.

"아!"

그는 모니터를 바라보는 순간, 지나간 세월이 주마등처럼 스쳐 지나가는 것을 느꼈다.

모니터 속의 도재희는 울고 있고, 또 웃고 있었다.

과거의 자신이 그랬던 것처럼.

눈에 보이는 도재희와, 머릿속에 스쳐 지나가는 자신의 과

거 모습이 교차되며 하나의 그림으로 어우러진다.

그러자 요동치던 심장이 더욱 거세졌다. 팔에 소름이 돋아났고, 울컥하는 뜨거운 무언가가 목구멍을 틀어막았다.

동시에, 잠시 잊고 지냈던 기억들이 빠르게 되살아났다.

끝까지 감겨 있던 테이프가 뒤로 빠르게 되감기며 명장면들을 떠올리는 것처럼. 아주 생생하게.

도재희의 연기가 끝났다. 그럼에도 불구하고, 머릿속에서는 그 잔영이 떠나가질 않았다. 계속해서 휘몰아치는 감정.

이 감정을 폭파시킬 탈출구를 찾고 싶다는 생각이 간절해지던 순간.

코너 오웬이 세인트 리에게 무전기를 건네며 말했다.

"오케이인가요? NG인가요?"

"예?"

"직접 말해줘요. 재희에게."

세인트 리는 떨리는 손으로 무전기를 받아들었다.

모니터 속 도재희는 자신의 연기를 마치고 차분히 그 자리에서 기다리고 있었고 세인트 리는 이제는 조금 어색해진 한국어로 자신의 솔직한 감정을 강렬히 뿜어냈다.

"재희! 한 번 안아볼 수 있을까요?"

모니터 속의 도재희는, 뜬금없이 들려온 목소리에 화들짝 놀랐고 금세 목소리의 주인을 알아보고는, 웃었다.

"고마워요."

아주 진하게.

예술은 십인십색(十人十色)이기에 아름답다.

누군가에겐 보잘것없는 것도, 누군가에게는 그 인생에서 가장 짜릿한 순간으로 바뀌고는 한다.

나는 그렇게 생각한다.

적어도 이 순간, 세인트 리에게만큼은 합격점을 받았고 현장의 모두가 이 감정을 공유하고 있다고.

세인트 리는 나를 바락 끌어안으며 눈물을 흘렸다.

"재희가 연기해 줘서, 정말 고맙습니다."

"⋯⋯."

내가 당신의 인생을 연기하겠다고 마음먹은 그 순간부터, 나를 옭아매던 실존 인물의 생애를 잘못 그릴 수도 있다는 두려움은 단번에 날아갔다.

그는 연신 고맙다고 말해주었으니까.

"우습게도 재희 연기를 보면서, 제 옛날 모습이 떠올랐어요. 절대 잊어서는 안 되는 순간들이 아주 생생하게."

연기는 나를 통해서, 남을 투영해 보는 예술이다.

허구의 인물이든, 실존 인물이든. 캐릭터에게 투영된 모습을 직면하는 순간 느끼는 그 가치. 이 값어치를 세인트 리는 흥분하며 극찬했고 같은 것을 보고 이렇게 함께 감정을 공유하는 것이 얼마나 가치 있는 일인가.

누군가의 삶을 대변하는 일은, 이렇게 아름다운 일이다.

"고맙습니다. 재희."

"더 열심히 연기하겠습니다."

추억은 미화되게 마련이지만 추억에 덧칠하는 그 색이, 영롱한 파스텔 톤이기를, 내가 훌륭한 붓이 되어줄 수 있기를.

영화 〈패브리케이터〉를 진행하면서 깨달았다.

내가 한국을 떠나오기 전 새벽에 먹었던 북엇국. 그리고 만들고 싶고, 연기하고 싶었던 그 영화의 갈피.

어떻게 써야 하고, 어떻게 진행시켜야 할까. 무슨 이야기를 하고 싶었던 걸까? 어떤 연기를 하고 싶었던 거지?

그때는 꽉 막혀 있는 것처럼 길이 보이지 않았는데, 안개가 걷힌 기분이다.

나는 촬영이 없는 날 노트북 앞에 앉았다.

그리고 제목도 정하지 못하고, 억지로 써가던 시나리오를 바로 휴지통에 버리고 삭제시켰다.

"에, 왜? 요 며칠간 열심히 썼잖아."

재익이 형이 아깝지 않냐고 물었지만, 고개를 저었다.

"아뇨. 이런 것이 쓰고 싶었던 게 아니에요."

그리고 곧바로 작업에 들어갔다.

새하얀 한글 프로그램의 바탕 화면만 바라보면 무엇을 채워야 할지 몰라 어질어질하던 예전과는 다르다.

나는 단번에 제목을 마쳤다. 그리고 폰트 글씨를 조정해 큼지막하게 흰 바탕 화면을 까만 글씨로 채웠다.

당신의 추억을 삽니다.

힐링, 판타지, 감동. 잊고 싶은 기억, 간직하고 싶은 추억에 대해 고민하는 사람들의 이야기. 이를 지켜보며, 도와주는 조금 특별한 인간의 이야기.

"어때요?"

재익이 형은 자신의 감정을 솔직하게 말했다.

"음, 글쎄. 아직은 잘 모르겠는데."

"그래요?"

"뭐랄까. 너무 현실성이 떨어진다고 할까? 소설이나 만화도 아니고 영화에서는…… 적당한 타협이 필요할 텐데."

나도 확신 못 하는데, 남을 설득할 수 있을 리 없지.

"나중에 보여드릴게요."

내 말에 재익이 형이 눈치껏 자리에서 일어났다.

"저녁은 일곱 시쯤 먹자?"

"네."

십 년 넘게 대본만 쥐고 살아온 프로 매니저의 눈에도 차지 못하는 영화는, 박진우 연출에게 보낼 필요도 없다.

그래. 일단은 써보자.

글재주는 없지만, 죽이 되든 밥이 되든 써 보는 거다.

그래도 운이 좋은 점은.

"……흐음."

내 머릿속에 들어 있는 수천 편의 영화와 드라마들. 그걸 어지간한 비평가들만큼이나 잘게 쪼개고 분석해낼 수 있는 내 능력. 이것이 나를 노트북 앞에 앉을 수 있게 해주었다.

얼마나 좋은 글이 나올지는 모르지만.

가슴이 이끄는 대로, 두드려 보는 거지.

시나리오 작업에 걸리는 시간은 각양각색이다.

퇴고에 퇴고. 계속해서 수정되는 대본에 6개월에서 일 년이 걸리기도 하고 수정 작업을 거치지 않은 따끈따끈한 초고 작업까지는 한 달 만에 작업이 끝나기도 한다.

12월. 촬영 중간중간에 두 달가량을 붙잡고 있던 가슴이 시키는 대로 써낸, 내 시나리오 초고가 완성되었다.

172신. 예상 상영 시간 110분.

재익이 형에게 처음 공개한 뒤로, 그 누구에게도 보여주지 않았던 오직 나만의 이야기. 나는 떨리는 가슴을 안고, 〈당신의 추억을 삽니다〉의 시나리오 점수를 확인했다.

[88/100]

처음치고는 나쁘지 않은데?

이제 남은 일은, 더욱 높은 완성도를 위해 수정에 수정을 가해야 한다.

이 책이 내게 물어왔다.

[영화 〈당신의 추억을 삽니다〉가 흡수 가능합니다.]
[흡수하시겠습니까?]

나는, 대답 대신 재익이 형을 불렀다.

"형!"

프로 매니저에게 검증을 받을 차례다.

··· 2장 ···

정말 네가 쓴 영화야?

"불렀어?"

재익이 형은 한달음에 달려와 내 옆에 앉았다. 표정을 보아 하니, 내가 부른 이유를 짐작한 눈치다.

"다 썼나 보네? 봐도 돼?"

"물론이죠."

"그럼. 난 종이로 읽는 게 익숙해서."

재익이 형이 프린팅한 대본을 묶어 들고 소파에 앉았다.

"쉬고 있어. 시간 좀 걸릴 거야."

"……"

아무래도 마음 편히 쉴 수가 없는걸.

나는 아무 말 하지 않고 채점을 기다리는 어린아이처럼 나는 재익이 형 옆자리에 앉아 얌전히 기다렸다.

"오늘 저녁에 간단히 맥주 어…… 응?"

우당탕! 거실로 내려온 영미 씨와 초희 씨는 우리 분위기가 심상찮은 것을 감지하고는 소파 앞으로 몰려왔다.

"뭐야, 뭐야. 다 쓰신 거예요?"

"나도! 나도!"

영미 씨와 초희 씨도 제각각 대본을 들고 소파에 앉았다.

"이래 봬도 현장 경력만 몇 년인데요."

"저는 순수하게 관객의 시선으로 봐 드릴게요!"

졸지에 내 시나리오 감평 시간이 되었다.

조금 부담스럽지만, 이 정도는 각오해야겠지.

내가 만들고, 내가 주연을 연기할 영화.

한국 팬들에게 일종의 선물이 될 이 영화는 조금 뻔할 수는 있지만 확실히 먹히는 신파에 판타지를 접목했다.

요즘 드라마나 영화에서도 심심찮게 등장하는 판타지지만, 뜬금없이 강남 시내에서 다 때려 부수는 영화는 아니다.

특별한 존재가 들려주는 추억과 인연에 대한 '인간 동화'.

"우와! 내 이름이 등장하네? 푸하! 영미래!"

재잘재잘 떠들며 읽던 세 사람이 어느새 조용해졌다.

사락, 사락.

종이 넘어가는 소리만 고요하게 들려온다. 침 삼키는 소리.

입술을 부르르 떠는 소리. 호흡이 조금씩 불안정해지고. 팽! 코를 푸는 소리.

이 소리들이 마치, 노곤 노곤한 몸을 재워줄 자장가처럼 느껴졌지만 나는 눈을 부릅뜨고 기다렸다.

먼저 다 읽은 재익이 형이 놀라운 눈으로 바라보았다.

"이거, 정말 네가 쓴 거야?"

"……이상한가요?"

"아, 아니, 그런 게 아니라…… 정말?"

재익이 형은 할 말이 많은 얼굴이었지만, 아직 영미 씨와 초희 씨가 다 읽지 않은 상태라 말을 아꼈다.

"영미 씨. 아직 멀었어?"

"네."

"그럼 먼저 말해도 돼?"

"기다려요. 스포일러 하지 말고."

"으음, 그럼 빨리 읽어줄래?"

"말 걸지 마요. 지금 완전! 집중했으니까."

"영미 씨, 현장 경력이 몇 년인데 너무 느린 거 아냐?"

영미 씨는 당장에라도 '닥쳐욧!' 이라고 쏘아붙이고 싶은 눈빛으로 변했지만 가까스로 참아내는 듯 보였다.

어이, 이봐요. 싸우지들 말아요.

"다…… 읽었다."

내 전담 메이크업 아티스트 초희 씨는 힘이 풀린 듯 손에 들린 대본을 소파 위에 사라락 놓더니, 티슈를 들어 올려 힘차게 코를 풀었다.

"프에엥! 팽!"

닭똥 같은 눈물은 덤으로.

마지막에 대본을 다 읽은 영미 씨는 있는 힘껏 울음을 참는 얼굴로 변했고, 이를 본 재익이 형이 깔깔 웃었다.

"푸흐히! 얼굴 좀 봐!"

"닥쳐요!"

영미 씨의 손바닥이 재익이 형의 등짝에 날아들었다. 그 덕분에 눈물로 어색해질 뻔했던 거실 공기가 확 풀렸다.

"좋아. 그럼 한 명씩 돌아가면서 얘기해 볼까? 솔직하게 말해줘야 재희가 수정할 때 도움 되는 거 알지?"

"알거든요."

"좋아. 재희는 마음의 준비 끝났지?"

"네."

"그럼, 자유롭게 손들고 얘기해 보자. 누구부터 할래?"

영미 씨가 잽싸게 손을 들어 올렸다.

"저요! 우선, 신? 도깨비? 이런 특별한 존재가 있다는 것에서 조금 냉정해지긴 했는데, 사람들의 추억을 공유하고 함께 울어주는 것이 너무 특별하게 느껴졌어요."

"맞아요. 추억이라는 매개체를 주고받는다는 설정 자체가, 너무 로맨틱하고 아름답다고 할까."

"특히 각각의 사람들이 인연이 마지막에 하나로 연결되어 있다는 것에서 소름이 쫙."

영미 씨는 팔을 걷어 올리며 부르르 떨었고, 재익이 형이 웃으며 말했다.

"나도 너무 재밌게 읽었어. 솔직히 놀랐다니까, 이 정도로 써 낼 줄이야."

"맞아요. 다음 달에 촬영할 시나리오라고 해도 될 듯."

"인정."

칭찬 릴레이가 이어지자, 재익이 형이 안 되겠다는 듯 마무리했다.

"자, 이제는 칭찬 말고. 각자 부족했던 부분을 말해보자."

재잘재잘 떠들던 영미 씨와 초희 씨는 입을 꾹 다물었다.

"딱히 없는데."

"그러게. 저도 못 느꼈어요."

으음, 그래?

"형은요?"

그러자 재익이 형이 당황스럽다는 듯 입을 꾹 다물었다.

"나, 나도."

일단은 합격이다. 하지만.

[영화 <당신의 추억을 삽니다>가 흡수 가능합니다.]

프린팅된 대본은 은밀히 내게 말을 걸어왔다.

마치, 이렇게 말하는 것 같았다.

얼른 나를 수정해줘! 고쳐줘!

"밥 먹자! 시나리오 초고 완결 기념으로 파티 어때!"

"아싸! 좋아요!"

나는 내 크루들이 자리를 떠난 틈을 타 소파 위에 올려진 대본 한 부를 주머니에 쑤셔 넣었다.

수정은, 이제부터 시작이다.

박진우 연출이 미국에 왔다.

방문 목적은, 영화 <7년의 기억>의 현지 배급을 담당하는 영화 배급사이자, TV 채널까지 보유하고 있는 UMC(United Movie Cinema)와의 계약, 현지 인터뷰 등등 다양하다.

우리나라에도 다양한 배급사에서 운영하는 영화관이 복수로 존재하듯 미국에도 UMC, AMT, US씨어터 등 다양하게 존재하는데, 영화 <7년의 기억은> UMC 로고를 달고 있는 영화

관에서만 상영한다.

하지만, UMC는 전미에 상영관을 보유하고 있는 메이저로 미국 어디에서나 〈7년의 기억〉을 볼 수 있다.

나는 응원 차, 또 인터뷰 차 박진우 연출이 머물고 있는 웨스트 할리우드의 어느 비즈니스 호텔을 찾았다.

이미 호텔 프레스 존은 기자들로 붐비고 있었다.

"우와, 사람 봐. 박 감독님이 이정도신가?"

"아마, UMC에서 부른 기자들이겠죠."

"어떻게 하지? 정문으로 들어가?"

"아뇨."

이 자리는 내가 주인공이 아니기에, 나는 눈치껏 후문으로 입장한 뒤, 박진우 연출이 있는 6층에 도착했다.

VIP룸. 배급사에서 특별히 지급한 넓고 쾌적한 공간에 박진우 연출이 서 있었다.

"도 배우님!"

그는 손에 인터뷰를 진행할 쪽 대본을 들고 있었는데, 빼곡하게 친필로 적힌 영어 스펠링이 눈에 들어왔다. 영어로 인터뷰를 진행하려니, 잔뜩 긴장한 얼굴이다.

"어떻게 지내셨어요?"

"한국에서요? 그냥 한량처럼 지냈습니다. 못 만나던 사람들도 좀 만나고. 술도 마시고. 으하하! 도 배우님은 드라마 방영

앞두고 계신다면서요?"

"네. 모레요."

"축하드립니다. 이번에 눈도장 제대로 찍으시겠어요?"

영화 〈7년의 기억〉이 이번 주에 미국에서 개봉한다.

그 전인 내일모레. 드라마 〈데드 매니악〉이 채널 HBS를 통해 일부 유럽을 포함한 전미에 방영을 시작한다.

전미, 아니, 세계에 내 얼굴을 알릴 준비가 끝난 것이다.

물론, 이것뿐이면 섭섭하지.

내 남다른 비상도 준비를 끝냈다.

"시나리오 준비는 잘되어 가시나요?"

"네, 그럭저럭. 부끄럽지만 나중에 봐주실 수 있을까요?"

"그럼요! 메일로 보내주세요."

"그렇지 않아도 들고 왔습니다."

재익이 형이 가방에서 〈당신의 추억을 삽니다〉 한 부를 꺼내 박진우 연출에게 건네주었다.

내 눈에는 '[95/100]'이라는 수치가 들어왔지만, 나는 새어 나오는 웃음을 숨기고 천연덕스럽게 물었다.

"찍을 수는 있는 대본인지, 아닌지 확인 부탁드립니다."

"그럼요. 제가 제작을 맡았는데, 당연히 꼼꼼히 살펴야죠. 당신의 추억을 삽니다? 제목 느낌은 좋은데요."

박진우 연출이 미국에 도착하면서, 그간 밀려왔던 스케줄이

착착 진행되는 느낌이다.

드라마 방영, 영화 2개 연달아 개봉. 거기다 내가 준비할 영화 프리 프로덕션까지.

우리는 반드시 미국 시장에서 성공할 것이라는, 가슴 속에 '뜨거움' 한 조각씩을 품고 호텔의 프레스 존으로 내려갔다.

미국의 저명한 영화 잡지, 신문사 등에서 나온 기자들이 카메라 셔터를 빠르게 눌렀고, 질문을 시작했다.

"한국에서 영화 반응이 상당했는데, 미국에선 어떻게 될 것으로 생각하십니까?"

미국 영화 산업의 중심, 할리우드에서 두 명의 한국인이 입을 열었다.

"최선을 다해 만들었습니다."

"좋은 반응 얻었으면 좋겠습니다."

하지만 내 가슴 속에 품은 뜨거움은 본질적으로 조금 더 노골적이다. 겸손 뒤에 숨겨진 본심.

다 씹어 먹고 싶습니다.

미국은 기본적으로 한국과 시청률 스케일 자체가 다르고 집계 방식도 다르다.

결론을 말하면, 〈데드 매니악〉의 1화 시청률은 790만 명으로 12월 첫째 주 시청률 순위 4위를 기록했다. 그리고 라이벌이라고 할 수 있는 〈라스팔마스의 휴일〉 시즌2는 시청률 1,100만 명을 동원하며 돌풍을 일으켰다.

하지만, 둘째 주에 이변이 일어났다. 한 주 늦게 입소문을 탄 〈데드 매니악〉은 북미 전역을 시끄럽게 달구며 역주행을 시작했고 시청자 수 천만을 돌파했다.

공교롭게도, 내 에피소드가 있는 3회, 4회 분량이었다.

-미친! 믿을 수가 없어! 지금 기사 봤어요. 재희?

〈데드 매니악〉 크루들은 쉴 새 없이 내게 문자를 보내고 전화를 걸어왔다.

모두가 축하해 주는 가운데 유독 잠잠한 쪽은, 내 개런티를 가지고 협상을 시도했던 대머리 제작 PD였다.

그는 소리 없이 즐거운 비명을 지르고 있는 걸까.

아니면, 내게 연락하기 무안해서 입을 다무는 것일까.

어쨌든 내게는 즐거운 상황이다.

더더욱 재미있는 점은 이 둘째 주에 〈7년의 기억〉이 UMC를 강타했다는 것이다.

애초에 미국 영화시장은 관객이 영화를 보며 '자막을 읽어야 하는 것에 대해 부정적인 시각이 높은 진입장벽이 존재하는 시장이다. 미국 스크린 점유율이 높은 영화는 모두 '영어권' 영화들이고, 비영어권 작품 중 흥행작을 찾기 힘들다.

하지만, 〈7년의 기억〉이 미국에서 먹힐 것이라는 반증은, 그냥 하는 예측이 아니었다. 미 영화 집계 방식은 관객 수가 아니라 수익으로 따지게 되는데.

"벌써?"

"아직 개봉한 지 얼마 안 되었잖아?"

개봉한 지 3일째. 70만 달러의 흥행 수익을 올리고 있다.

이는, 미국에서 동양인 배우에게 흔치 않은, 드라마와 영화로 이어진 연쇄 폭탄 때문이다. 그리고 이 폭발은 더욱 강해질 전망. 그래서 내 에이전시인 UAA의 에이전트 빌은 설레발을 치며 긴급 대책 회의를 열었다.

"이거, 지금 돌아가는 분위기가 심상찮아요. 이번 시기를 발판 삼아서 제대로 뛰어올라야 합니다."

"……."

아, 그러세요.

그래. 맞는 말이다. 하지만, 이미 그 발판은 준비 중이다.

당신만 몰랐을 뿐이라고.

"해일이 몰아칩니다! 서프보드를 들어야 해요! 주연급 오디션 하나 준비할까요?"

"아뇨."

지금은 해일이 불어칠 때, 급하게 오르는 것이 아니라.

더욱 거세게, 미친 듯이 불어닥칠 때까지 기다릴 것이다.

"차기작은 한국에서 합니다."

"하, 한국이요?"

"네."

"하지만 지금이 가장 중요한 시기인데……."

UAA를 이해한다. 하지만 선택은, 내가 한다.

나 역시 한국에서 수년간 굴렀던 몸이라고.

한쪽 입꼬리를 올리며 미소 지었다.

"아닐 것 같은데요."

피부로 느껴진다. 돌아가는 기세가 심상치 않다.

'비영어권' 작품이 고작 800여 개의 상영관으로 개봉 3일 만에 뚜렷한 실적을 내었다. 또, 드라마 〈데드 매니악〉은 시즌 2에서 끝나는 것이 아니라 제작진의 욕심대로 시즌 8까지 나와도 될 만큼, 거세게 성장 중이다.

동 시간대 시청자 수, 천만.

"내년 상반기 1월 말. 아다지오가 개봉하면……."

거기다 대형 배급사와 연결고리를 만들지 않아 상영관 수는 적지만, 개봉 시기가 빠르고 남다른 네임 벨류를 자랑하는 오웬 형제의 〈패브리케이터〉까지 가속을 붙는다면.

"일은 끊이질 않을 겁니다."

"……아."

"이렇게까지 했는데 끊긴다면, 제 능력이 이것밖에 안 되는 거겠지요."

말은 이렇게 했지만 내가 배짱을 부릴 수 있는 〈데드 매니악〉 시즌2가 존재하니 할리우드 활동은 계속될 것이다.

그나저나 재계약 때 개런티를 얼마를 불러야 할까?

천천히 고민하지 뭐.

에이전트 빌은 머릿속으로 계속 시뮬레이션을 돌리는 듯했다. 개봉 시기, 터지는 작품들. 거기다 할리우드에 입성한 지 얼마 되지도 않았는데, 일으킨 반향을 생각해 본다면.

"좋아요. 인정할 수밖에 없겠네요."

"……."

"그런데 재희. 그래서 미국 활동을 언제 재개할 건가요?"

'너희들이 최대한 안달 난 타이밍'이라고 말하고 싶었지만, 나는 눈썹을 치켜뜨며 능청스럽게 말했다.

"글쎄요."

아마도, 〈데드 매니악〉 시즌2 촬영 전에는 돌아오겠지.

박진우는 한국으로 돌아가는 비행기 안에서 최대한 덤덤하게 시나리오를 쥐었다.

당신의 추억을 삽니다.

처음, 도재희가 자신에게 '제작'을 맡아달라고 부탁했을 때만 하더라도 흔쾌히 허락했지만, 이를 아주 진지하게 여기지는 않았다. 도재희를 좋아하지만 보통 배우들처럼 작품이 흥행하고 연기에 자신감이 생기니 다른 쪽으로 눈을 돌린 것으로 생각했다. 그 결과가 어떻든지 간에, 잘나가는 스타의 재미있는 취미 정도로 여겼다.

물론, 함께 작업하며 제작 분야를 익힌다면 자신에게도 좋은 기회가 되겠지만, 지금 같이 할리우드 초대형 영화사, 하이마운트에서 '영화 입봉'을 해보지 않겠냐는 제안을 받은 지금 같은 시기에는, 더더욱 신중한 선택을 해야 한다.

애초에 미국을 방문한 진짜 목적은 여기에 있었으니까.

그렇기에 더욱 진지한 자세로 시나리오를 읽어 내려갔다.

그날은 아무것도 아닌 날이었다. 오랜만에 명호를 지하철에서 우연히 만났을 때는, 아주 반가운 마음에 달려갈 뻔했다. 하지만 그럴 수 없었다. 그는 이미 80세는 되어 보이는 노인이었고. 나는 20대의 젊은 모습 그대로다. 그와 헤어진 것이 1953년이니, 더는 아는 체를 할 수가 없었다. 그렇기에 아무것도 아닌 날이다.

억겁의 세월을 살아가며 망각하지 않는 특별한 존재.

그가 들려주는, 인간들의 아름다운 추억.

LA에서 인천으로 향하는 비행기 안에서 처음 박진우가 대본을 다 읽어냈을 때는, 의심부터 했다.

정말 직접 썼다고?

그래서 SAFA(서울영화아카데미) 때부터 자신과 쭉 함께했고 너울의 제작부장 김민희에게 대본을 건넸다.

"이것 좀 읽어봐."

"응? 재희 씨가 쓴 대본?"

"응."

김민희가 대본을 다 읽을 때까지 비행기는 한국에 도착하지 않았고. 박진우는 머릿속에 들어서 있는 이 흥분감을 고스란히 간직한 채 물을 수 있었다.

"어땠어?"

"……이거, 재희 씨가 직접 쓰신 거 맞아?"

"그렇겠지. 잘 썼지?"

"자, 잘 썼다마다……. 너무 놀라워. 어떻게 이렇게……?"

"줘봐. 다시 읽어야겠어."

박진우는 다시 꼼꼼하게 시나리오를 읽어 내려갔다.

누가 가르쳐 주지도 않았을 텐데 기본기가 충실하다. 대사 위주인 드라마 대본과 지문 위주인 영화 대본의 차이점을 매우 잘 이해한 듯 간결하게 쓴 문체. 쓸모없는 지문이 없다.

서사부터 결말까지 완벽한 구조에, 관객이 환장할 수밖에 없는 코드 또한 가미되었다.

"믿을 수가 없군."

자신이 쓴 시나리오가 초라하게 느껴질 정도.

어느새 이륙 시간은 1시간 앞으로 다가왔지만, 손에서 시나리오를 놓지 못했다.

잠 한숨을 자지 못할 만큼 신선하게 몰아치는 충격. 이륙 직전까지 그 자리에 꼼짝 않고 앉아 생각에 잠겨 있던 박진우는, 이륙한다는 안내방송과 함께 상념에서 빠져나왔다. 그리고 곧바로 곁에서 잠들어 있는 김민희를 흔들어 깨웠다.

"민희야. 일어나 봐."

"으, 응? 도착했어?"

"응. 그것보다 나, 전화해야겠어."

"갑자기? 어디에?"

"하이마운트. 그 제안, 거절해야겠다고."

단순한 우정으로 선택한 문제가 아니다.

할리우드 입봉 기회를 걷어차더라도 놓치기 싫은 영화.

"도 배우님이랑, 이 영화 해야겠어."

"……진지하게 고민한 거 맞지?"

"응."

김민희가 배시시 웃어 보였다.

"그럼 그렇게 해. 나는 박 형 하자는 대로 따라갈 테니."

시나리오를 움켜쥔 박진우가 힘 있는 목소리로 말했다.

"한국 도착하자마자 스텝 꾸리자. 아니, 먼저 L&K에 다녀와야겠어."

이들은 같은 대본에서 같은 것을 보았다.

"이 영화, 된다. 무조건."

흥행할 것이라는 '확신'.

··· 3장 ···

제 영화의 캐스팅은요

-스텝은 〈7년의 기억〉에서 합을 맞췄던 분들을 모시려 합니다. 촬영철 감독님, 조명은 신 감독님. 괜찮으세요?

-네. 저야 좋죠.

-이건 이렇게 진행하도록 하고…… 우선 대본 몇 군데 돌려본 결과 반응이 괜찮아요. 일단은 도 배우님 실명을 밝히지 않고 신인 작가가 썼다고 했는데도 벌써부터 투자하겠다는 곳이 상당합니다.

"……."

작가가 이름을 숨겼다.

깜짝 공개? 뭐, 의도한 것은 아니다.

-공개하셔도 돼요. 저는 괜찮습니다.

-이제 비행기 시간입니다. 그럼, 한국에서 뵙겠습니다.

"어이고, 늘어지게 잠이나 자야지."

올 하반기는 정말 미국과 한국을 계속해서 이리저리 오가는 느낌이다. 그 때문에 재익이 형이나 영미 씨 같은 내 크루들의 피로도 이만저만이 아니다.

"미안해요, 형. 저 아니었으면 사무실에서 편하게 일할 텐데."

"무슨 말이야? 내가 너 따라와서 얼마나 덕 보고 있는데."

"……무슨 덕이요?"

"흐흐. 네가 커야 나도 잘되는 거라고. 실없는 소리 그만하고 좀 쉬어."

나는 가볍게 고개를 끄덕이고는 좌석을 뒤로 기대 몸을 뉘었다.

뭐, 몸은 조금 피곤하지만 애초에 한국과 미국 활동, 두 가지 꿩을 다 잡고 싶은 내 욕심에서 비롯된 것이니 감수해야겠지.

눈을 감았지만, 잠이 오질 않는다. 영화 때문이다.

내가 잘할 수 있을까, 같은 두려운 감정은 아니다.

뭐랄까. 현장 스텝들을 내가 설득할 수 있을까, 같은 걱정에 가깝다.

내게는 남들에게 보여줄 수 있는 '콘티뉴이티'가 없다.

콘티 전문가를 데리고 일찌감치 작업에 들어갔어야 하는 상황이지만, 하지 않은 이유는 내게는 콘티가 필요 없으니까.

그냥, 머릿속에 대본을 집어넣었고 자연스럽게 떠오르는 이 이미지들을 그대로 구현하기만 하면 되는 일이다.

콘티를 만드는 일은, 적어도 내게는 시간만 잡아먹는 쓸데없는 짓이다.

이런 나를 스텝들이 믿어줄까.

이들이 하던 익숙한 작업 방식과는 완전히 다른 작업이 될지도 모른다. 왜냐하면 이미 섭외할 배우부터, 로케이션까지 내 머릿속에 확고하게 존재하니까. 고심과 서류를 통해 느릿하게 작업하던 기존의 방식에 비교해 본다면 내 방식은 즉흥적인 선택으로 보일 테니까.

"으음."

내 상황을 한마디로 정리하자면 나는, 대왕 문어다.

내가 요구하는 바를, 확실하고 빠르게 도와줄 날랜 손과 발이 필요하다. 다른 것은 그 무엇도 필요가 없다.

이런 나를 이해해 줄까.

처음에는 의심할지도 모르겠다.

결과로 보여주면 되지 뭐.

한국에 돌아왔다.

재밌는 사실은, 한국 기자들은 내가 차기작 행선지를 한국으로 낙점했다는 내용만 알지, 어떤 작품에 들어가는지 모른다는 것이다.

"차기작 러브콜이 상당하다고 알고 있는데요. 어떤 작품에 들어가고 싶으신 건가요? 도 배우님!"

"데드 매니악이 미국에서 선풍적인 인기를 끌고 있다고 들었습니다! 아직 방영 중인데 벌써 돌아오신 것은, 할리우드에서 활동은 중단하신 건가요!"

"차기작에 대해 다들 궁금해하는데! 한 말씀 해주시죠!"

나는 일절 답하지 않은 채, 차량에 탑승했다.

차 안에는 박진우 연출이 기다리고 있었다.

나는 곧바로 물었다.

"감독님. 제가 영화 찍는 거, 아무도 모르네요?"

그러자 박진우 연출은 고개를 으쓱했다.

"네. 말 안 했습니다."

"왜요? 공개하셔도 괜찮은데."

그러자 박진우 연출은 아주 음침하게 웃어 보였다.

"후후, 직접 하셔야죠."

"네?"

"그래야, 반응이 더 뜨거울 테니까요."

"……."

아, 이제 제작이지.

박진우 연출은, 제작 파트를 맡게 되며 아주 실리적인 모습을 보여주고 있다.

'자금 확보', '흥행', '이슈'에 중점을 두고 서포트한다.

"콘티는 준비하셨습니까?"

박진우 연출이 물어왔다.

"아뇨."

박진우 연출은 그럴 줄 알았다는 듯 웃어 보였다.

"제가 도와드리겠습니다. 전작에서 저와 콘티 작업하던 분이 있는데, 잘하십니다. 지금부터 작업 들어가면 적어도 내달 안으로 결과물을……."

"아뇨. 괜찮습니다."

"음, 네?"

"콘티, 필요 없습니다."

내 대답이 오만하게 들렸을까. 박진우 연출은 그게 무슨 말이냐는 듯 고개를 저었지만, 내가 더 빨랐다.

"감독님. 이번 영화, 준비 기간 한 달. 촬영 한 달로 잡고 싶습니다."

"……네?"

"지금부터, 두 달 만에 끝내 버리시죠."

한 달 만에 촬영을 마치는 일. 불가능한 일은 아니다.

아주 잘 준비한다면 한 달 만에 촬영을 털어버리는 경우도 있으니까.

하지만, 정말 '잘' 준비했을 경우다.

박진우 연출이 되물었다.

"하, 하지만…… 콘티도 없는데요?"

"콘티는…… 제 머릿속에 있습니다."

내 말에 박진우 연출이 되물었다.

"드라마처럼 휙휙, 찍으실 생각이십니까?"

미니시리즈나 드라마의 경우 제대로 된 콘티 없이 촬영하는 경우도 많다. 존재한다고 하더라도 감독이 촬영 직전 샷 사이즈 정도만을 설정하는 경우가 다수다.

하지만 이는 '대사' 위주인 드라마기에 가능한 일이다. 내용 전달이 목적인 드라마는 콘티 없이도 기본 개념만 안다면 술술 찍을 수 있으니까.

하지만 영화는? 다르다.

샷 사이즈, 앵글 각도, 달리 인&아웃. 카메라를 어떻게 쓰고, 조명을 어떻게 쓰고, 배우가 어떻게 서느냐에 따라 영상의 색이 무한히 달라지며. 최고의 영상을 찾아내는 장르다.

그리고 나는, 이를 아주 잘 인지하고 있다.

"아뇨, 영화처럼."

"……."

"대충 찍지 않습니다. 아름다운 영화를 만들 겁니다."

나는 머릿속에 굴러다니는 내 영화의 장면들을 다시 한번 배열했다.

이 장면을 뒤로 넣고, 이 장면은 앞으로 넣고.

그리고 박진우 연출에게 물었다.

"도와주실 거죠?"

"……아, 네, 네. 물론이죠."

"다음은, 캐스팅에 대해 얘기할까요."

박진우 연출이 진이 빠진다는 얼굴로 물었다.

"……그것도 벌써 끝나신 겁니까?"

나는 조금 힘주어 말했다.

"네."

"이게 전부?"

"응. 회당 1억 2천짜리 미니시리즈부터…… 아니지, 1억 8천 제의한 곳도 있어. 중요한 건, 그냥 찔러보는 금액이 이렇다는 거야."

"……."

"올릴 수 있다는 말이지. 크! 아깝다, 아까워."

아직 내 차기작에 대한 소문이 닿지 않은 한국.

'한국에서 차기작을 진행할 것이다, 그래서 도재희가 귀국한 것이다.'

이런 소문만 무성하게 퍼져 있는 상태에서 내게 밀려들어오는 제의들은, 일종의 시키지도 않은 대왕 돈가스다.

"먹고 죽으라는 거지."

입 벌려라, 개런티 들어간다.

중국이나 할리우드 시장에 비할 바는 못 되지만, 한국에서 1억 개런티는 불과 몇 년 지나지 않았다. 1억 개런티를 요구했다가 방송사에 공공의 적으로 찍힌 배우도 존재한다.

물론, 2억에 가까운 예외도 존재해 왔지만 그런 배우들이 다 작을 하지 않았다는 점은 부정할 수 없다.

"이 영화는 출연료만 9억이네."

영화, 드라마, CF……. 줄줄이 밀려드는 고액 제안들을 직접 거절하기 민망했던 나는 한 번에 처리할 생각이다.

아주 에둘러서 표현하는 거지.

"아래층에 모여 있죠?"

"응. 이제 내려갈까?"

L&K 사옥에 내의 공개 프레스 존에서 진행한 공개 인터뷰.

선정된 다섯 곳의 매체에서 차출된 기자들이 한데 모여 앉아 있었다.

이들은 내 '파발'. 오늘 오후에 내 차기작 계획을 실시간 검색어로 띄워 올려줄 것이다.

"오랜만입니다."

나는 웃으며 기자들과 인사를 나누었다.

오채연 기자만큼이나 현장에서 오다가다 얼굴을 익힌 기자들이 다수다.

"미국 현지에서도 인기를 아주 실감하고 계실 것 같은데…… 돌연, 한국에 돌아오셨어요. 이유가 뭔가요?"

기자 한 명이 손을 들자, 내가 막아섰다.

"제가 다 말씀드릴게요."

한국 스케줄을 소화하는 법. 내 영화 만들기는 이렇다.

먼저, 만천하에 알린다.

"여, 연출에 도전하신다는 말씀이십니까?"

"잠깐만. 당신의 추억을 삽니다? 그거 OGV 쪽 관계자한테 들은 거 같은데? 재능 있는 신인 작가가 쓴 대본인데…… 너무 좋았다고."

"나도 들었어. 박진우 감독이 요새 차기작으로 밀고 있다는 작품이잖아. 그걸, 재희 씨가 쓰셨다는 겁니까?"

"네."

"자, 잠깐. 그럼 박진우 감독이 연출이 아니라 제작을 맡았다는 거네요."

"맞아요."

"허! 이거 참, 재밌는 소식이네."

기자들의 입꼬리가 일제히 올라간다.

"수십억 원의 제안들을 모두 일언지하에 거절하고 스타가 직접 만드는 영화. 제목 어때요?"

"나쁘지 않은데요."

"지금 올라갑니다. 자, 간다."

기자들이 손가락을 빠르게 움직였고, 기자들이 현지에서 쏟아낸 정보는 언론사로, 언론사에서 포털 사이트로.

불을 뿜는 봉화처럼 번지기 시작한다.

[배우 도재희, 차기작 발표. "직접 만들고 싶었습니다."]

[도재희, 영화감독 데뷔하나?]

[〈당신의 추억을 삽니다〉 영화 관계자 '극찬'.]

기사가 포털사이트 메인에 걸리는 것은, 당연하고.

자, 내 영화 만들기 '두 번째'.

"반응 어때요?"

"지금 실검 1위야."

이제 기다리기만 하면 된다.

어차피 개봉까지 많이 남아 있기에, 이런 대중들의 관심은 금방 식게 마련이지만 영화 관계자들은 다르다.

뜨는 작품, 뜰 수밖에 없는 작품. 투자자들의 지갑 주머니를 자동으로 열게 만드는 작품이라면, 한 시라도 빠르게 접촉하려고 할 터.

이제부터 박진우 연출의 시간이다.

투자자를 모으고, 제작진을 꾸린다. 로케이션 팀은 전국 각지로 흩어져서 대본에 어울리는 촬영장을 물색하고, 섭외 팀은 배우들과 접촉한다.

"JW 미디어 쪽에서 투자제의 들어왔다는데?"

"대성 엔터에서 배우 두 명 집어넣는 조건으로 10억."

"L&K가 현재 최대 투자자야. 역시! 회사에서 제대로 밀어주네."

돈이 준비되었다. 얼마를 어떻게 쓸지에 대한 따분한 이야기 따위는 집어치우자. 쓸 때는 화끈하게 써야지.

마지막 세 번째, 배우 라인업.

"그럼, 캐스팅하러 가시죠."

12월. 한국에서 가장 뜨거운 영화 한 편이 제작 준비를 빠르게 마쳐가고 있다.

제작 총괄을 맡은 박진우와 프로그램 기획 일을 도맡아 처리하게 된 김민희 두 사람은, 예상치도 못한 '큰돈'을 쥐게 되었다.

"150억이 넘는데……? 무슨 블록버스터 찍는 것도 아닌데 이렇게 많을 필요가 있나."

"후반 작업(CG) 생각하면 이 정도는 여유자금이지 뭐. 그 덕분에 세트도 빨리 짓고 있잖아?"

그 덕분에 장소 대관 및 섭외는 차질 없이 진행되었다.

애초에 '돈'이라는 것은 풀리지 않을 것 같은 일도 쉽게 풀리게 하니까.

한국에 돌아온 직후, 곧바로 작업에 들어간 경기도 남양주 세트 작업은 별 무리 없이 진행되고 있다. 시대물도, 사극 세트도 아니기에 오래 걸릴 것도, 어려울 것도 없다.

"확실히 이름값이 있어서 그런가? 속도가 다르다, 달라."

"그렇지? 도 배우님이 처음 두 달 안에 끝낸다고 하셨을 때, 이게 될까? 긴가민가했거든. 근데 되겠는데?"

"나도. 근데 요즘 돌아가는 상황 보고 있으면…… 이제껏 우리가 너무 복잡하게 생각했던 건 아닐까 싶어. 원래 이렇게 할 수 있는 시스템인데."

"음, 엄밀히 말하자면 그건 아냐. 도 배우님 이름값 때문에 가능했지."

"후후, 그런가."

프리프로덕션은, 영화가 크랭크업(촬영 시작) 직전까지의 모든 과정을 말한다. 제작진 섭외부터 촬영장소 섭외 등등. 이 과정이 가지는 기간은 영화마다 천차만별이다.

그런데, 도재희가 언론에서 공식 발표한 이후에 배우 섭외를 제외하고 굵직한 것들은 대부분 완료되어가는 상황이니 놀랄 수밖에. 그래서 이제는 '배우' 섭외만이 남았다.

〈당신의 추억을 삽니다〉 팀 초미의 관심사는 하나.

과연 어떤 배우가 섭외될 것인가?

['대세' 배우 양주혁, SNS 통해 도재희에게 공개적으로 캐스팅 희망. "선배님. 저도 끼워주시면 안 될까요."]

[영화 〈당신의 추억을 삽니다〉 "시놉시스 저도 보고 싶어요!" 안달난 배우들.]

웃돈을 얹어서라도 들어오고 싶어 하는 영화. 현재 작품에 들어가지 않은 배우들 사이에서 난리가 난 영화다.

"누가 뽑힐까? 박 형. 재희 씨가 슬쩍 해준 얘기 없어?"

"없었어. 알잖아, 철저하게 분업해서 일 진행했던 거. 섭외는 도 배우님만 아시겠지. 확실한 것은, 전화 한 통이면 A급 배우들이 술술이 캐스팅되는 역대급 작품이 될지도 모른다는 거고."

"히야. 전화 한 통에 캐스팅이라."

"……."

박진우는 은근히 기대감을 품었다.

도대체 얼마나 클까. 이제는 상상도 되질 않을 지경이다.

태평양 건너 〈데드 매니악〉은 벌써 9회, 10회 방영을 앞두고 있다.

시청률은 〈라스팔마스의 휴일〉 시즌2를 넘어섰다.

이 화제의 드라마에서 가장 자주 언급되고 있는 배우는.

"재희야."

"네?"

나였다.

"전미 시청률 1위. 북미 시청률 1위! 축하한다!"

더스트들 사이에서 살아남은 인간군상 중 가장 '인간적인' 행동을 하는 내 연기가 공감을 얻었고 주인공 '조지'와 더불어,

끝까지 무조건 살려야 하는 배우 1위로 뽑혔다.

"방금, UAA랑 통화하고 왔는데. 벌써부터 '데드 매니악' 제작진들 시즌2 촬영 언제 들어갈지 호들갑이라던데?"

"아직 방송도 안 끝났는데. 벌써요?"

"응. 우리 쪽 스케줄 계속해서 확인하고 있더라. 미국에 언제 돌아오냐고."

"시즌2 대본도 안 나왔을 거면서, 호들갑은."

L&K 권우철 대표님이 말씀하셨던 정치적인 문제, 미국 제작사와의 관계에서 우위를 가지고 가는 행동들. 나도 이런 것들이 필요하다고 생각하지만, 그리 즐기지는 않는다.

하지만, 대머리 PD와 맺었던 불공정 계약 때문에라도 나는 고개를 뻣뻣하게 들 것이다.

"기다리라고 해요. 재계약 원하면."

"그래야지. 자기들이 별수 있나? 지금 전미가 기다리고 있는 배우인데, 우리 스케줄 맞춰서 기다려야지. 개런티도 한 60만 질러버려. 지금 기세로는 충분할 것 같은데."

말은 이렇게 했지만.

"......"

결국, 〈데드 매니악〉 촬영 때문에 한국에서의 영화 준비를 서두르고 있는 것이다.

알았어, 독촉하지 마! 빨리 갈 테니까.

나는, 나대로 캐스팅 작업에 매진했다. 투자를 미끼로 내 머리 위에서 움직이려는 회사들은 일차적으로 모조리 걸렀기에 배우 섭외에 대해서는 그 어떠한 압박도 없었다.

온전히 내 머릿속에서 일어난 캐스팅.

주연배우와 감독의 영향력. 두 가지를 동시에 등에 업은 내게 무서운 것은 없었고, 조단역을 캐스팅하는 나는.

마치, 거대한 주방을 내 마음대로 독식하는 쉐프였다.

"이 배우 준비해 주세요. 아, 그 친구는 안 돼요. 목소리가 너무 힘이 없어요."

감자, 당근, 양파. 가릴 것 없이 식칼로 퉁퉁퉁 치면 배역이라는 이름의 예쁜 재료가 되어 내 머릿속이라는 그릇 안에 담겼다.

이들은 내 머릿속에서 어떻게 연기를 해야 할지 정답을 보여주었지만 내 철저한 '기준'에 맞지 않는 배우는 탈락.

내 안에서는 철저하게 '오디션'이 진행되었고.

조단역 미팅을 가질수록 확고해졌다.

"실력파 찾기 힘드네요. 인물이 이렇게 없나."

배우는 많고, 진짜 배우는 몇 없다는 사실.

"후, 그러게. 조단역은 다 비슷비슷한 느낌이라…… 주연은 누구로 할 거야? 설강식 선배님은 참여하신다고 하셨지?"

설강식 선배님이 영화에 참여해 주기로 하셨다. 하지만 이 영화에 등장하는 주연배우는 총 세 명.

설강식, 도재희. 그리고.

"다른 한 명은?"

"음. 그건 이미 정해놨어요."

"응? 누구?"

이 영화를 쓰면서 '신', '특별한 존재'를 연기할 배우는 이미 정해놓았다. 아직, 말을 하지 않았을 뿐이지.

"누군데 그래?"

재익이 형의 질문에 내가 빙글빙글 웃으며 전화기를 들어 올렸다.

지금쯤이면, 내 소식은 들어서 알고 있겠지.

극을 쓰면서, 이 사람이 아니면 안 된다고 생각했던 배우.

짧은 착신 음이 흘러나오고 내가 말했다.

"승희 형, 요즘 뭐 해요?"

조승희. 연기 결벽증, 대한민국 연예계 최상위 포식자.

그래. 기왕 할 거면, 제대로 한 번 해보자.

[설강식×조승희×도재희 이런 조합, 어디에도 없었다.]

[도재희와의 우정? "아니다. 대본이 너무 좋았다."]

[제대로 불붙은 연기 신들의 전쟁! 〈당신의 추억을 삽니다〉 크랭크 업 까지, D-10.]

끝나 버렸다. 이제껏 본 적 없는 라인업이 펼쳐졌으니까.

스크린에서 각각의 얼굴도 보기 힘든 대배우 세 명이 한 작품으로 한데 뭉쳤다.

"……."

이 기사를 쳐다보고 있는 남자.

여의도 빌딩 숲, 그 머리 위.

구름같이 지어진 고층빌딩 펜트하우스.

그 내부 널찍한 거실 소파에 앉아 있던 조승희는 보고 있던 휴대폰 기사를 닫아버리고는 소파 위로 던졌다.

털썩.

"……."

그리고 시선을 창밖으로 던졌다. 자리에서 일어나 베란다 문을 열어젖혔다. 쌀쌀한 12월의 밤바람이 불어와 조승희의 머리칼을 휘감았다.

그런, 그의 얼굴이 조금 복잡해졌다.

"으음."

함께 영화를 찍는 것뿐인데 왜, 부담감을 느끼는 걸까.

분명, 처음에는 안 그랬는데 말이야.

여전히 사랑하는 후배고, 좋은 동생이지만.

"⋯⋯도전인가, 동정인가."

가끔은 참, 무섭게 느껴진다.

··· 4장 ···

그저 그런 아티스트가
아닙니다

"리딩 시작하겠습니다. 지문은 조연출이 읽겠습니다."

영화 〈당신의 추억을 삽니다〉의 대본 리딩이 시작되었다.

감독과 배우를 겸하게 된 나는, 영화사 너울의 미팅 룸 가장 상석에 앉았다.

"……"

감독 자리……. 새삼, 느낀다.

이 자리는 참으로 무거운 자리라는 것을.

감독과 배우를 겸한다는 것은 생각보다 더 어려운 일이다.

첫째는, 모든 장면을 배우가 아닌, '연출가'의 시각으로 볼 수 있어야 한다는 점이다. 치밀하게 계산하며 읽어야 한다.

"신 1. 가정집 낮 내부. 블랙 스크린에서 아버지와 어머니의 다투는 사운드가 흘러나오며 네임 타이틀이 나타나고 이내 곧 접시 정도 깨지는 소리와 함께 아들의 귀가 나타난다. 소리를 듣기 싫은 듯, 귀에 손가락을 꽂는 아들. 적막이 감돈다. 그때 들려오는 아들의 내레이션."

"가끔은, 이렇게 귀를 막아야 편하다."

둘째는, 내 연기에 대해서 무서우리만치 냉정해야 한다.

"귀에 꽂았던 새끼손가락이 빠지며 어머니의 비명과 함께 부엌과 거실의 경계가 명확하지 않은 작고 소박한 가정집이 드러난다. 부엌에서 시리얼 정도를 입에 욱여넣고 있는 아들과 그 뒤 거실에서 말다툼하는 아버지와 어머니."

"과외 선생은 무슨! 너, 내가 등신 같아 보이지?"

"이거 놔! 아들, 이리 와서 말 좀 해봐! 아들!"

마지막, 셋째.

"……."

연출의 시각에서 선배의 연기도 지적할 수 있어야 한다.

나는 설강식과 조승희의 연기를 주목했다.

한 마리의 뜨거운 호랑이와 냉혹하리만치 차가운 늑대.

두 마리의 야수가 필드를 휘어잡고 있다.

이들을 바라보는 단역급 배우들의 눈에는 경외심이 스쳐지나갔고, 나는 둘의 모습에서 묘한 기시감을 느꼈다.

닮았다. 누가 먼저랄 것 없다.

호랑이건 늑대건, 이들은 한 치의 흐트러짐도 없다.

나는 마지막 셋째 항목에 대해서는 적어도 걱정할 필요가 없음을 느꼈다.

이들은 자신의 100%를 보여주고 있으니까.

대신, 선배들이 또 다른 매력을 보여줄 수는 없을까를 고민했다. 느낀 부분이 있다면 즉석에서 메모했다.

그러면서도 절대, 내 대사는 잊지 않는다.

"아저씨는 누구세요?"

이 자리에 모인 배우들은, 검증이 끝난 배우들이다.

최상위 등급의 도재희, 조승희, 설강식을 제외하고서도, 영화나 드라마에서 주, 조연을 놓치지 않는 실력파.

산전수전에 공중전까지 다 겪었던 이들이지만 지금, 어디서도 쉽게 보기 힘든 진귀한 풍경에 할 말을 잃어버렸다.

"바, 방금 감독님. 메모하시면서 대사 친 거 맞지?"

"그렇지? 맞지? 내가 잘못 본 줄 알았네. 대본에는 눈길 한 번 안 줬어."

"와, 대본 통째로 외워서 연기한다던 말이 사실이었어?"

감독으로서의 모습과 배우로서의 모습.

두 가지를 완벽하게 해내는 도재희의 모습에 끝없는 박탈감마저 느끼는 배우도 있었다.

"나…… 그동안 꽤 괜찮다고 생각했는데, 아니었어. 나 완전 쓰레기였네."

이런 감정은, 비단 조연들뿐만이 아니었다.

설강식. 그는 배우로서 도재희의 모습은 인정했지만, 감독으로서의 모습은 신뢰하지 못하는 상태였다.

그럴 수밖에.

보여준 것이라고는 '그럴듯하게 쓴 대본'뿐이니까.

'글 잘 쓴다고 연출까지 잘하겠어? 작가랑 감독은 다르지.'

분명, 이렇게 생각했다.

하지만, 그 생각이 리딩이 진행되면서 조금씩 바뀌었다.

"촬영 감독님. 이 신에서는 영화 스크린 비율 자체를 줄일 겁니다. 스크린 비율 1:1. 기억해 두세요."

일반적인 스크린은 와이드(2.76:1) 비율이다.

그런데, 촬영에 들어가기 전부터 정사각형(1:1)이라는 흔치 않은 스크린 비율까지 못 박아놓고 들어가는 강단.

"1:1이요? 정사각형?"

"네. 인물이 감정적으로 고립된 상황에서는 스크린 비율을 줄일 겁니다."

3:1에 가깝던 널찍한 스크린 비율을 1:1로 줄이면 관객들은

자연스럽게 갑갑함을 느낀다. 인물의 감정을 사실적으로 보여주며 이를 극대화 시키는 방법이지만, 해외에서도 시도된 사례가 몇 없는 양날의 검으로 뚜렷한 확신 없이는 선택하기 힘들다.

"……정말요?"

"네."

이를 밀어붙이는 배짱.

거기다.

"선배님, 감정이 제가 생각한 감정과 조금 다른 것 같은데요. 이 장면에서는 오히려 화를 내기보다는, 민망해하지 않을까요."

"아아. 예."

배우들에게는 자신의 주장을 확실히 전달하면서.

"잠시만요. 저는 이 장면을 아주 가벼운 실소 정도로 생각했거든요. 입술을 크게 안 움직이셔도, 호흡으로 느낌만 주셔도 충분할 것 같은데, 어떻게 생각하세요?"

"아, 죄송합니다."

"아닙니다. 그 느낌도 좋았어요. 근데, 제가 디렉팅 드린 모습을 연기하는 배우님 모습도 매력적일 것 같습니다."

배우의 기분이 상하지 않게끔, 최대한 절제한다.

"그럼, 다시 해볼까요?"

"아, 네!"

그러면서, 결국 자신이 원하는 방향으로 이끌어낸다.

마치, 우는 아이를 우쭈쭈, 사탕으로 달래는 엄마같이 보이기도 했다.

"······호오."

설강식이 보기에, 도재희가 디렉팅하는 방향의 그림이 훨씬 더 나아 보였고 이쯤 되니, 궁금하지 않을 수가 없었다.

"재희, 쟤 정체가 뭐야 도대체?"

미국에서 글만 쓰고 살았던 것 같은 수준이지 않은가.

설강식이 조승희에게 물었다.

"재희 쟤, 미국에서 촬영 안 하고 글만 쓴 거 아냐? 아니면 영화 학교에서 연출 공부를 했다거나?"

"아뇨, 엄청 바빴다고 하던데요. 촬영 중이던 드라마랑 영화 다 끝냈잖아요. 드라마는 미국에서 반응 엄청나던데."

"그건 아는데······ 스크린 비율을 1:1로 하자고 얘기하는 감독은 처음 봤네. 쟤 얼굴 좀 봐라. 무슨 몇 달 연출 준비한 애처럼 날이 서 있냐. 이거, 원래 써놓은 대본이야?"

"아뇨. 최근에 썼대요. 두 달 걸렸다고 하던데."

"두 달? 두 달 만에 글 쓰고, 또 두 달 만에 찍어버리자는 거야 지금?"

설강식이 고개를 절레절레 저었고, 조승희도 모르겠다는 듯 혀를 내둘렀다.

"뭐, 저런 애가 다 있어?"

조승희는 설강식의 말에 공감하며 시선을 슬쩍, 상석에 앉아 있는 도재희에게 옮겼다.

조승희의 눈빛이 미묘하게 변했다.

"……그러게요."

모르긴 몰라도.

뭐지? 뭐야.

도재희에게 지금 느끼는 감정은, 이제껏 느껴본 적 없는 감정이다. 데뷔 이후, 적수를 찾아보기 힘들 만큼 빠르게 커리어를 쌓아 올렸다. 그 과정에서 할리우드 실패라는 꼬리표가 달라붙기는 했지만, 동아시아에서 그의 적수는 없었다.

'질투? 내가?'

질투, 견제, 위기감.

이제껏 조승희에게는 존재하지 않았던 감정이고, 그만큼 믿기 힘든 상황이다.

왜 이런 기분을 느끼는 걸까.

너무나 쉽게 툭툭, 던지는 도재희의 연기가 말이 되지 않는다고 느껴서일까.

'연기 말고, 감독 재능까지 타고난 건가?'

모르겠다.

"……"

하지만, 조승희는 이런 감정을 겉으로 내색하지 않았다.

오히려.

"감독님! 오늘 회식 있습니까!"

넉살 좋게 손을 들며 물었다.

그 속에 악의는 없었다.

어차피 정상을 찍어본 이에게 남은 것은, 내리막길뿐.

애초에 권력에 대한 집착 따위는 없다.

"아, 회식이요? 그럴 예정은 없었습니다만……."

"하시죠! 제가 쏘겠습니다."

"오! 오! 조승희, 조승희!"

그 누구도 정하지 않았지만, 배우들 사이에서 암묵적으로 일컬어지던 왕좌. 언젠가 물러날 각오를 하고 있던 그다.

도재희가 조승희를 보며, 쑥스럽다는 듯 웃었다.

"……그럼, 거절하지 않겠습니다. 대신에 2차는 제가 쏘겠습니다. 전원 참석하세요."

"와아!"

그 기세를 몰아 설강식이 말했다.

"그럼 내가 3차를 쏴야 하나? 으하핫."

순식간에 분위기가 끓어올랐다.

"조승희! 도재희! 설강식!"

주연배우 3인방을 연호하는 조단역배우들 틈바구니에서 쓴 웃음을 짓는 조승희는, 차라리 자신의 자리를 탐내는 자가 도재희라 다행이라는 생각을 했다.

'그래, 차라리 너라 다행이다.'

하지만 그렇다고 웃으면서 히히호호 물러날 생각은 없다.

'해보자.'

악의도 선의도 아니다. 딱히, 자존심을 걸지도 않았다.

그 누구도 싸움을 붙이지 않았고, 공식적인 심판도 관중도 없다. 하지만, 이미 이쯤 되면 서로서로 의식하고 있다.

프로들의 싸움. 겉으로는 웃고 있지만, 뒤에서는 서로 주먹을 꽉 쥐고 있는 이 상황을, 조승희는 즐기기로 했다.

"……재밌겠네요."

"응? 뭐가?"

"아, 회식이요."

절대, 티는 내지 않는다.

조승희. 시기와 질투로 가득 찬 업계에 막 발을 들인 신인배우였던 내게 아무런 흑심 없이 손을 내밀어 준 톱스타.

승희 형을 내 영화에 캐스팅한 것은, 내게 있어 여러 가지 의미가 있다.

대한민국에서 연기파 배우로 가장 인지도 높은 배우들을

모조리 투입시킨 유일한 영화라는 상징. 호락호락하게 접근하면 안 된다는 경고. 스스로에게 가하는 일종의 채찍.

넘어서고 싶다는 싸구려 욕망을 부정할 수는 없지만, 뭐.

이런 것을 누가 정해주는 것도 아니고.

결국, 나 스스로 만족하기 위한 영화다.

내 만족을 위한, 내 사람들과의 추억 만들기.

조승희, 설강식을 제외하고도.

나와 함께 L&K에서 연기에 대한 꿈을 꾸며 활동을 시작하다 포기라는 아픔을 맛보았던 문성이 형부터 〈7년의 기억〉에서 팬임을 고백했던 하윤까지 한국에서 나와 맺은 인연들이 출연하는 '내 사람'들이 다 함께 참여하는 영화.

또, 내 팬들에게 바치는 깜짝 선물.

"오빠. 팬들에게 주는 선물치고는, 스케일이 너무 커졌어요. 안 그래요?"

영미 씨의 말마따나, 스케일이 좀 크지?

무려 150억짜리니까.

총제작비 150억. 추정 손익분기점 관객만 500만. 내 출연료 12억. 연출 러닝 개런티는 1명당 120원. 미니멈 1억.

관객 수 최소 500만은 넘겨야 내 면(面)이 선다.

"부담스럽지 않아요?"

"당연히 부담스럽죠. 남의 돈으로 찍는 영화인데."

"으, 저라면 손 떨려서 못 할 것 같은데."

"그러니까, 잘해야죠."

그래, 내 사람들과 함께한다는 상징성과 함께 반드시 흥행으로 증명할 거다. 목표는 최대한 높게. 최선을 다해서.

"자, 다 됐어요."

"고마워요."

나는 의상을 마저 입고 남양주 촬영장 컨테이너를 빠져나왔다.

진녹색 야상 점퍼에 싸구려 청바지.

하지만 값비싼 명품 부럽지 않은 자신감을 안고 내 필드를 향해 걸었다.

"빨리 와요! 감독님!"

어느새 나를 제외하고 모두가 모여 있었고, 나는 발걸음을 재촉했다.

일렬로 늘어서 있는 배우들과 스텝들. 그리고 그 맞은편에 카메라를 들고 있는 사진사와 기자들까지.

"어서 와. 감독님."

조승회가 센터 자리를 비켜주었고, 나는 정중앙에 섰다.

"자! 하나, 둘, 셋! 하면 다 같이 외치는 겁니다."

"하나!"

"둘!"

"셋!"

"크랭크업!"

내 영화가 시작되었다.

불화만 가득한 집에서 자란, 나.

속에 있는 화(火)를 다스리지 못하는 아버지와 그런 집안에 염증을 느껴 밖으로만 도는 어머니의 이혼은, 어쩌면 당연한 수순일지 모른다.

"아빠랑 같이 살자!"

"무슨 소리야? 애는 내가 다 키웠어."

"……."

내 선택은, 둘 다 아니었다. 부모님의 이혼 이후, 지방에 혼자 사시는 할아버지(설강식) 손에 맡겨진다.

어려서부터 줄곧 옛날이야기며, 귀신이 나오는 이야기, 믿지 못할 전설 따위를 자장가 삼아 들려주시던 할아버지. 이젠 어느새 고등학생이 되었고 그런 이야기를 믿을 나이는 지났지만 여전히 할아버지의 이야기를 듣고 있으면 즐겁다.

그렇게 10년을 살았다. 부모님과는 연락을 끊은 채 동네 목공소에서 일하며 할아버지를 모시고 살았다.

어느새 80세가 넘은 할아버지의 입에서 나오는 말들은, 치매 환자의 넋두리가 대부분이고, 자신이 뱉은 말들조차 제대로 기억하지 못하는 경우가 다수였다.

점점 어린아이로 변하시는 할아버지.

그런 할아버지는 한 가지 말씀만을 반복해서 하셨다.

"고향이 그립다. 그런데, 생각이 안 나."

할아버지의 고향. 그만이 간직하고 있는 추억.

"할아버지 모시고 고향에 한 번 다녀오는 건 어때요?"

"……"

요양원의 간병인이 내게 권했지만, 나는 아무런 말도 하지 못했다.

누군가의 아버지, 할아버지이기 이전에, '석명호'의 인생은 무엇이었을까. 왜 이제껏 단 한 번도 궁금해하지 않았지?

부끄럽다.

한참을 주저하다 꺼내든 휴대전화에서 아버지는, 끝끝내 내 전화를 받지 않으셨다.

어떻게 찾아야 할까. 내 할아버지의 추억.

어쩌면 마지막이 될지도 모르는 고향을 함께 찾고 싶다.

그때, 이상한 사람(조승희)이 나타났다.

"저는, 당신 할아버지의 친구입니다."

30대 정도로 보이는 멀쑥한 정장을 입은 남자였다.

"네? 그, 그게 무슨……."

"지하철에서 우연히 봤어요. 당신이 명호를 요양원으로 데리고 오는 것. 제가 명호를 처음 본 날은 1953년입니다."

"……."

미친놈. 분명, 미친놈이 분명하다.

"믿기 힘드시겠지만, 사실입니다."

"……."

나는 그를 올려다보며, 말했다.

"오케이."

그러자, 스텝들이 썰물 빠져나가듯 우리 주변에서 빠져나갔고, 연출부가 소리쳤다.

"오케이입니다!"

아, 적응 안 된다.

내가 연기하고. 연기를 마치면 직접 코멘트 하고, 모니터에 와서 영상을 돌려본다.

그림 콘티가 없기에 직접 스크립터와 현장 편집기사에게 설명한다.

"여기 풀 샷에서, 각각 대사 부분만 바스트로 가고. 처음 대면하는 장면은, 방금 찍은 달리 컷. 여기, 여기가 포인트."

그럼, 편집기사들이나 스크립터들은 넋이 나간 얼굴로 이렇게 묻고는 한다.

"이걸 어떻게 다 외워서 하세요?"

그럼, 나는 이렇게 답하지.

"후후, 150억이면 이럴 수밖에 없어요."

이게 내 작업 방식이다. 다소 불편하지만, 빠르게 찍으려면 내가 일당백을 하는 수밖에 없다.

힘들지만, 이 모든 것들을 감내할 수 있을 만큼 멋진 작업 방식이기도 하다. 내 머릿속에 떠도는 이미지들을 하나로 뭉쳐 영화라는 이름으로 규정짓는 일.

물론, 적당히 하면 안 돼. 잘해야 해.

도재희라는 이름값 때문에 부담스러운 것도 사실이다.

가장 가까이에서 모든 과정을 지켜보는 스텝들을 설득하지 못한다면, 관객 역시 설득할 수 없을 테니까.

하지만, 몸을 지배하는 이 알싸한 긴장감은, 점차 자신감으로 바뀌었다. 특히, 관객의 감정을 움직이는 '스크린 비율'을 스텝들이 직접 눈으로 확인할 때가 방점이었다.

"대박, 이런 거구나."

영화에는 음악이 있지만, 인생에는 BGM이 없다.

현실 역시, 화려하지 않았다. 우리네 인생을 그럴듯하게 포장하지 않고 솔직하게 1:1 비율로 보여주는 것은 어느 정도 확신이 있었지만, 시장에서는 먹히지 않을지도 모르는 도박이었음에도 현장에서는 호평을 받았다.

"속이 다 뚫리네!"

1:1의 다소 갑갑한 화면에서 2.76:1 와이드 비율로 넓어지며 영화 속 분위기와 관객들의 기분이 환기되는 장면에서는 박수갈채가 쏟아지기도 했다.

으음, 이래서 감독을 하는구나.

감독으로서의 역량은 이렇게 조금씩 증명하고 있지만, 내 본직은 결국, 배우다.

배우로서 보여줄 수 있는 모든 것들을 보여주고 싶었다. 그렇기에 섭외한 배우들이 바로, 설강식과 조승희.

지금의 나로 만들어준 배우들이자, 동반자이며 매일 매일을 하얗게 불태웠다고 느낄 수 있을 만큼, 멋지게 싸울 수 있는 선의의 경쟁자들.

적어도 우리 세 사람은 알고 있다. 아니, 비단 우리 셋뿐만 아니라 이 현장에 모두가 느끼고 있을 것이다.

"선배님 식사는 하셨습니까?"

"어어, 요 앞에 콩나물밥 집 괜찮더라. 너는 먹었어?"

겉으로는 웃고 있지만 속으로는 칼을 갈고 있을 것을.

이 작품이, 일종의 분기점이 될 것을.

적의 목을 베어버리겠다든지, 박살 내버리겠다, 따위의 감정이 아니다. 세대와 공감하는 '연기파 배우'로 자리매김한 지금. 새로운 왕좌를 향해 싸우는 것이다.

여기서 얕보이거나, 내공이 부족해 보인다면 관객들에게 그대로 드러나게 마련.

웃고 있지만, 혼신의 힘을 다해낸다.

그랬기에 현장이 주는 열기는 1월 신년(新年)의 칼바람으로도 얼리지 못했다.

그 어느 때보다 뜨겁다. 하지만, 알고 있잖아.

어차피 누가 순위를 매겨주는 예술이 아니라는 것을.

조승희, 설강식 선배가 돋보이는 장면에서는, 내가 감정을 조금 죽여야 한다. 그래야 내 연출도 함께 산다.

"자! 다음 신 빠르게 가겠습니다!"

이 선의의 경쟁의 결과는 세상에 공개된 다음에나 알 수 있을 것이다.

얼마나 많은 지지를 받았고 또, 얼마나 많은 상을 휩쓸게 될지. 또, 누가 '남우주연상'에 오를지.

2020년 연말은, 조승희에게는 조금은 씁쓸한 한 해였다.

이제껏 찍은 영화들이 줄곧 흥행에 실패해 왔기 때문이다.

'작품 보는 눈이 없다.'
'조승희, 감 떨어졌다.'

시나리오 보는 눈이 없다, 망할 작품만 한다는 둥.
대중들의 관심에서 시들해졌다.

한국에만 하더라도 무수히 많은 영화제가 있지만, 이들 가운데 유달리 상복이 없었다. 2019년에 도재희가 대종상에서 처음 남우주연상을 탔던 그 날. 조승희는 자기 일처럼 도재희를 축하해 준 일을 떠올렸다.

정말 순수한 축하였다. 위기감은 없었다.

원래 '상'이란 돌고 돌게 마련이니까.

호날두와 메시가 수년간 발롱도르를 양분하였듯, 조만간 다시 자신에게도 기회가 올 것이라 여겼다.

그런데, 아니었다.

조승희는 2020년에만 총 세 편의 영화를 공개했지만 모두 실패했고 도재희는 단 '하나'의 작품으로 2020년 왕좌에 올랐다.

[도재희! 2년 연속 영화인이 뽑은 최고의 배우 선정!]
[2년 연속 '남우주연상'의 남자 도재희, 그 끝은 어디?]

국내누적 홍행 기록 4위.

미국에서도 대이변을 일으키고 있는 영화 〈7년의 기억〉.

남우주연상 후보에서 압도적인 지지로 도재희가 수상의 영광을 안았다.

2년 연속 남우주연상. 골랐다 하면, 홍행에 수상까지.

돈과 명예 모두를 놓치지 않는 도재희를 향해 일각에서는 '도재희가 도재희했다'라며 모든 의구심을 일축시켰다.

'도재희가 도졌다.'

현장에서는 일종의 아침 인사 정도였다.

이런 분위기 속에서 설강식까지 농담 삼아 '3연속 남우주연상'을 거론하기도 했다.

"이번 작품으로 3년 연속 남우주연상! 어때? 전무후무한 기록 한 번 남기자."

"에이, 아닙니다. 선배님도 아직 건재하신데."

"나? 껄껄, 나는 이제 지는 해고. 나나 승희는 옛날에 받을 만큼 받았는데 뭘."

질문의 화살이 조승희에게 향했다.

"안 그래, 승희야?"

"아…… 네, 물론이죠."

이를 바라보는 조승희는 미약한 불편함을 느꼈지만, 끝끝내

내색하지 않았다. 오히려, 축하해 주었다.

"재희야. 기왕이면 감독상이랑 남우주연상까지 한 방에 노려보는 건 어때?"

욕심을 버린다면, 이렇게 축하해 줄 수 있다.

"오! 그거 멋진데. 역시 승희야. 호호호."

"아아, 선배님들. 놀리지 마세요."

쩔쩔매는 도재희를 보며 조승희는 쓰게 웃었다.

하지만 그럼에도 불구하고 지고 싶지 않다는 욕망이 꿈틀거린다.

결과는 올해 연말, 시상식 시즌. 왕좌의 주인이 바뀐다.

'도재희, 영화 연출 준비.'

'한국의 권위 있는 영화제에서 받은 2연속 남우주연상.'

한국에서 일어난, 이 작지만 대단한 이야기는 바다 건너 미국에까지 전해졌다. 구글, ASK, MSN 등 미국 포털 사이트에서는 이미 'JaeHee'라는 이름을 검색하면 프로필을 확인할 수 있다. HBS에서 서비스하는 〈데드 매니악〉이 커다란 성공을 거두고, 도재희라는 동양인 배우에게 이목이 집중되니 'JaeHee'

라는 검색어는 이미 실시간 핫토픽에까지 등장했고, 아주 자연스럽게 한국의 기사들이 전해졌다.

에이전시 UAA와 〈아다지오〉의 영화사 하이마운트 픽처스, 〈데드매니악〉의 HBS는 공식 홈페이지에까지 관련 게시물을 올리며 공개적으로 축하를 보냈고.

"선물이라도 보내야 하는 거 아닙니까?"

"안 그래도 재희 매니지먼트에 꽃을 부탁했는데."

할리우드 대표 회사 로고들이 박힌 화환이 L&K 사옥 로비에 걸리는 진풍경까지 만들어냈다.

"2연속 남우주연상이라니. 그 정도인 줄은 몰랐는데."

"아뇨. 전 알아봤어요. 거봐요. 제가 뭐라고 했습니까!"

미국 현지에서도 비중 있게 다루는 이유는 따로 있다.

〈데드 매니악〉 시즌1이 결말을 향해 달려가는 상황.

방영 직전까지 예상치 못한 폭발적인 반응이 연일 들려오고 있는 상황에서 제작진은 시즌2 대본 수정을 요구했다.

"더 재밌어야 합니다. 결말을 암시하는 느낌은 모조리 지우고, 시즌10까지 이어갈 수 있게 복선들 계속 던져요."

길어야 시즌3 정도를 예상하며 짜놓았던 결말로 향하는 에피소드를 지우고, 더 길게 보기 시작한 것이다.

"아, 네네."

"그리고. 재희 비중 좀 늘려 봐요."

거기다, 시청자들의 열렬한 호응을 이끌어냈던 도재희의 비중 증가는 당연한 수순이다.

"알겠습니다."

시즌 2를 준비하는 제작진들은 급한 불은 껐다고 생각했을지 모르지만, 아직 배우들의 재계약이 남아 있다.

"조지 쪽은 어때요?"

"개런티 상향은 확실한데, 최고 대우를 원하고 있어요."

"최고 대우라…… 구체적인 액수는?"

"아직입니다."

"주인공이니 그렇다 치고, 다른 쪽은?"

"전체적으로 긍정적인 반응입니다."

"그럴 수밖에."

긍정적일 수밖에. 지금 얻은 인기는 향후, 몇 년의 배우 생활이 보장된 인기니까. 언제 일이 들어올지 모르는 배우들에게는 일종의 황금알을 낳는 거위다.

"촬영 일정 조율도 원활할 것 같습니다. 배우들이 최우선을 데드 매니악에 두고 있어요."

대머리 PD는 안도의 한숨을 내쉬었다.

이제, 시즌2 촬영에 들어가기만 하면 된다.

"그럼, 문제없네."

아니, 그런 줄 알았다.

"근데······."

"응?"

"재회 쪽 에이전시에서는 아직 말이 없습니다."

대머리 PD는 고개를 절레절레 흔들었다.

"······아."

계약조항이 떠오른 것이다.

시즌2 재계약 시, 회당 40만 달러. 한화로 4억 이상.

"그 친구, 에이전시가 UAA던 가요?"

"네."

"연락해 봐요. 아니, 그럴 게 아니라. 언제 한번 회사로 오라고 얘기하세요. 만나서 얘기하자고."

"아, 이미 접근을 시도해 봤습니다만······."

"그런데요?"

"기다리라고 합니다."

"······응?"

"재회 한국 스케줄 끝내고 재계약 협상하겠다고 합니다."

일단, 기다려.

"그, 그게 무슨······."

놓치면 끝난다. 〈데드 매니악〉에서 주연보다 뜨거운 감자가 도재희가 아니었던가.

대머리 PD는 아차, 싶었다.

"……이런."

그냥, LA에서 흔하디흔한 동양인 배우인 줄 알았는데 아니
었다. 제대로 물렸다.

"안녕하세요. '영화가 좋다'의 마석률입니다. 오늘은 배우에
서 감독으로. 또 할리우드에서 한국으로. 종횡무진 활동을 이
어가며 충무로를 발칵 뒤집어 놓은 장본인을 만나보겠습니다.
얼마 전, 대종상에서 남우주연상을 수상한, 영화배우 도재희
씨입니다. 안녕하세요."

"안녕하세요. '영화가 좋다' 시청자 여러분들. 반갑습니다.
도재희 입니다."

"네. 최근 아주 정신없으실 것 같습니다. 할리우드에서 찍은
드라마는 빅히트를 치고, 한국에서는 연출에 도전하시고. 요
즘 어떠신가요?"

"하하, 영화 촬영에만 매진하고 있습니다. 설 선배님이나, 승
희 형이 많이 도와주셔서 무리 없이 찍고 있습니다."

"그렇군요. 이번 영화, 그야말로 '역대급' 라인업입니다. 팬들
의 관심이 엄청난데요. 어떠신가요? 실감하시나요?"

"네. 감사히 생각하고 있습니다."

"대한민국이 자랑하는 연기파 배우가 총집합했다고 해도 과언이 아니죠. 당장, 저부터 너무 기대됩니다. '영화가 좋다' 시청자 여러분! 잠시 후, 저희 '영화가 좋다'에서는 도재희, 설강식, 조승희 주연의 '당신의 추억을 삽니다'의 티저 영상이 단독 최초 공개됩니다! 또, 아주 특별한 손님이 찾아올 예정이니, 채널! 고정하세요! 우선, 광고 보고 오시죠."

"광고 들어갔습니다!"

생방송으로 진행되는 〈영화가 좋다〉. 광고가 나오는 1분 30초가량의 시간에 나는 자리에서 일어나 기지개를 켰다.

"으으."

그러자 조승희, 설강식 선배가 옆에 의자를 놓고 앉았다.

MC가 말한 '특별한' 손님의 정체. 우리 배우들.

메이크업 아티스트가 달려와 조승희의 분장 수정을 빠르게 마무리 지었고, 이내 플로어디렉터가 다가와 외쳤다.

"20초 전입니다!"

다시 전열을 가다듬고, 자리에 앉았다.

"10초 전! 스탠바이! 큐!"

빨간불이 번뜩이고, MC 마석률이 외쳤다.

"네! 〈영화가 좋다〉에 특별한 손님들이 오셨습니다. 이쯤 되면 누군지 짐작하셨을 텐데요. 벌써부터 댓글이 난리가 났습니다. 네, 맞습니다. 한국 영화의 자존심! 설강식 배우님! 그리고 조승희 배우님입니다!"

"안녕하십니까, 시청자 여러분. 설강식입니다."

"조승희입니다."

이런 방송은, 보통 개봉 직전에 하는 것이 정석이다.

그래야 홍보 효과가 크니까.

하지만, 어떤 경우든 예외는 있게 마련. 캐스팅 당시부터 화제를 불러일으킨 이번 영화는 크랭크업 당시부터 언론에 집중 조명을 받아왔고, 촬영이 종료된 직후, 이런 '라이브 쇼'까지 섭외가 된 것이다.

"한 자리에서 뵙기 힘든 분들이 모두 모였습니다. 공교롭게도 도재희 배우님은, 아니지. 감독님이라고 해야 할까요?"

"편하신 대로 불러주십시오."

"감독님으로 하죠. 도재희 감독님은 두 분과 모두 같은 작품에 출연하셨었죠?"

"네. 맞습니다. 제 스크린 데뷔작은 조승희 형님과, 가장 최근 작품은 설강식 선배님과 함께했습니다."

"그 인연이 쭉 이어져 이런 엄청난 결과를 낳았군요! 좋습니다. 자, 다음으로는…… 시청자들의 질문들을 취합해서 실시간으로 여쭤보도록 할 텐데요. 조금 짓궂을 수 있는 질문이라도, 괜찮으신가요?"

"아, 네."

"좋습니다. 먼저 첫 번째 질문입니다."

시청자 질문 시간.

"연기파 배우가 모두 한자리에 모였습니다. 배우들 사이에서 기 싸움 같은 것은 없었나요?"

"……오."

기 싸움이라. 꽤나 직설적인 질문에 내가 조승희와 설강식 선배님 쪽을 흘깃 바라보았다.

"누가 대답하시겠습니까?"

이들 역시, 재미난 이야기라도 떠오른 듯 웃음 지었지만.

"설강식 선배님이 하실 겁니다."

"응? 아뇨. 승희가 할 겁니다. 승희 네가 해."

"예? 그럼, 도 감독이 할 겁니다."

너 나 할 것 없이 대답을 미루었다. 이럴 땐, 막내가 나서야지. 어쩔 수 없이 내가 마이크를 잡았다.

"기 싸움이라……."

설강식 선배님이 편하게 말하라는 듯 어깨를 으쓱이셨고, 나는 옅은 미소와 함께 입을 열었다.

"없었다면, 거짓말이겠죠."

일부러 현장에 늦게 도착한다거나, 메이크업을 늦게 받는다거나 이런 유치한 기 싸움이 아니다. 연기 생활을 하다 보면, 가끔 이런 이야기를 듣고는 한다.

'연기는, 결국 예민한 사람이 잘해.'

예민한 사람. 타인과의 관계에 대해 어려워하고, 고심하고, 별것도 아닌 일에 마음을 깊게 쓰고, 자기감정에 솔직해도 너무 솔직한 사람들.

맞는 말이라고 느낀다.

조승희와 설강식이라는 두 '예민 덩어리'들을 보니까 자연스럽게 알겠다. 나도 내 '일'에 대해서만큼은 예민한 편이다.

조승희야 '연기 결벽증'이라는 별명이 붙을 만큼 유명하고, 설강식 선배님은 털털한 듯 보이지만, 자신이 연기한 테이크 중 몇 번째의 연기가 가장 좋았는지 다 기억할 만큼 꼼꼼하고 예민하다. 이런 사람들이 한 곳에 모여 있는데, 어찌 기 싸움이 안 일어날까.

"음, 재희야. 이번 신, 다시 찍었으면 좋겠는데……."

"네? 저는 좋았는데요."

"그래? 음, 아냐. 아무래도…… 다시 찍어야겠어."

조승희. 연기 결벽증이라는 말에 걸맞게, 내가 충분히 훌륭하다고 오케이 했음에도 불구하고 재촬영을 요구했다.

하지만 이는, 설강식 선배님도 마찬가지였다.

"도 감독. 승희가 감정을 좀 더 쓰는 것 같은데…… 우리 그림 어때?"

"좋은 것 같은데요. 확실히 격렬해졌어요."

"그렇지? 그럼, 이 신 마지막 컷 뭐로 쓸 거야?"

"선배님 바스트요."

"그래? 그럼 내 바스트만 다시 따자."

조승희×설강식은 서로에게 절대 지지 않으려는 듯, 필사적으로 재촬영을 했다.

상대방이 90점이면, 나는 95점. 그다음은 100점.

그 덕분에 120% 이상의 연기가 나왔다.

이 싸움의 중심에서 나 역시 빠질 수 없다.

이따금 위기감을 느낄 때면, 배시시 웃으며 촬영 감독님께 양해를 구했다.

"음, 한 번만 더 찍을까요?"

나 역시, 지고 싶지 않으니까.

MC가 왁자하게 웃음을 터뜨렸다.

"푸하! 그러니까, 말은 하지 않아도 서로가 서로를 의식하고 있었다는 말이네요?"

"네."

"조승희 배우님. 설강식 배우님. 반론할 기회를 드릴게요. 사실입니까?"

MC의 질문에 두 사람은 어깨를 으쓱였다.

인정한다는 말이다.

"딱히, 틀린 말은 아니죠. 그렇죠, 선배님?"

"승희, 재희. 둘 다 한 번쯤 넘어가 줄 법도 한데 끝까지 이겨 먹으려고 다시 찍자고 하더라니까요. 껄껄!"

"선배님, 저도 먹고살아야 하지 않겠습니까."

"으흐흐, 오랜만에 긴장하고 좋았지."

둘의 이런 반응에 MC가 잔뜩 신난 얼굴로 말했다.

"이야! 정말 기대됩니다. 이런 반응이 비단 저만 그런 게 아니거든요. 벌써 댓글이 4천 개를 돌파했습니다. 그럼 댓글 한 번 읽어보겠습니다."

-와, 설강식이 견제할 정도라고? 대체 어느 정도길래?

-영화 개봉은 언제 하나요? 그 날에 휴가 쓰고 싶은데.

-티저 영상 빨리 공개해라!

대체적으로 한껏 기대감을 품은 반응들.

MC가 시간을 확인하더니 이제 적절하게 터뜨릴 때라고 생각했는지 의미심장한 웃음을 지어 보였다.

"다들 궁금하시죠? 자, 채널 고정하십시오. 광고 나간 뒤, 곧바로 티저 공개합니다."

까만 배경 위에 은하수처럼 떠오르는 별빛. 그리고.

당신의 추억을 삽니다.

전환되는 장면.

장소는 가로등도 몇 대 없는 밤 골목이 을씨년스러운 읍내 외곽. 숨에 잔뜩 헐떡이며 달려가는 내 얼굴.

"헥, 헥. 할아버지."

간직하고 싶었던 추억.

80세를 넘긴 특수 분장을 한 설강식의 아련한 눈빛.

"잊고 싶지 않았어. 내, 모자란 아들놈도."

절대 잊고 싶지 않았던 그 기억.

"제가, 당신의 추억을 사겠습니다."

신비로운 느낌의 조승희.

"얼마인가요, 그거."

"……."

그와 대비되는 촌티 가득한 내 모습까지.

이 추억의 값은, 당신이 느끼는 그 즐거움.

당신의 추억을 삽니다.

영화의 시작과 끝을 관통하는 솔직한 편집.

특별할 것 없는 티저지만, 세 명의 배우의 얼굴을 한 장면에서 볼 수 있다는 즐거움은 영화 팬이라면 모두가 느끼는 공통된 생각일 것이다.

"와……."

MC의 탄성과 함께 우리 앞에 세팅되어 있는 노트북에는 실시간 댓글들이 마구 쏟아져나오고 있었다. 우리는 인터넷 방송을 하는 스트리머처럼, 댓글들에서 눈을 떼지 못했다.

"반응 좋은데요."

"그러게."

프로그램은 어느새, 막바지를 향해갔다.

"자, 마지막으로 배우분들께 공통 질문 한 가지씩을 드릴 건데요. 아무나 먼저 말씀해 주시면 됩니다."

"아, 네."

"감독 도재희가 영화를 하나 더 찍자고 한다면?"

내가 영화를 찍자고 한다면?

내게는 해당되지 않는 질문인데.

이 질문에 설강식 선배님이 소리 없이 웃음을 터뜨리셨고, 조승희 역시 의미심장한 미소를 지어 보였다.

……부정인가. 섭섭할 것 같은데.

하지만, 대답은 의외였다.

"대본을 봐야 알겠지만, 감독으로서 능력은 이 작품을 통해 충분히 보았어요. 재능 있는 친굽니다. 어려운 선배들을 데리고 융통성 있게 잘 찍었어요. 저라면 할 것 같습니다."

"저도, 해야죠. 누가 불러주는데."

둘의 긍정에 MC가 이번에는 다르게 물었다.

나를 똑바로 바라보며.

"그럼, 도재희 감독님은 다시 영화를 연출하실 생각이 있으십니까?"

내게는, 다른 질문이다. 감독을 다시 할 생각이 있냐고?

"음."

나는 살짝 눈가를 찌푸리며 고개를 절레절레 흔들었다.

"아뇨. 하더라도, 아마 나중에 하게 될 것 같습니다."

"네?"

"당분간은, 배우만 하고 싶습니다."

음, 뭐랄까? 이 한 작품으로 연출에 대한 당장의 욕심은 충족시켰다.

더 짜낼 아이디어도, 획기적인 장면 구성도. 어떤 번뜩이는 것도 생각나질 않는다. 확실히 내가 원하는 바를 끝내고 난 뒤, 나중이라면 어쩌면 할지도 모르겠지?

그에 반해 그사이, 다른 '갈증'은 더욱 강해졌다.

MC가 물었다.

"오, 의외의 답변인데요. 그럼, 차후 계획이 어떻게 되십니까? 배우로 돌아가신다면…… 국내에서의 활동을 기대해도 좋을까요? 도 배우님을 기다리는 국내 팬들이 많습니다."

나는 옅은 미소와 함께 고개를 저었다.

"아뇨."

내 '갈증'을 해소할 수 있는 곳은 이제 바다 건너에 있다.

"잠시, 미국 좀 다녀오겠습니다."

"아. 할리우드요."

이번 내 여정은.

"아마도, 오래 걸리지는 않을 겁니다."

〈데드 매니악〉은 시즌2 대본 수정을 마치지도 않았다고 한다. 그 이전에, 한국에서의 일정을 모두 무사히 마쳤다.

따라서 꼬투리 잡힐 일도 없다.

한국 스케줄을 모두 끝내고, 곧바로 미국행이 결정되었다.

당분간 한국에 돌아올 일은 없다.

한국에서 〈당신의 추억을 삽니다〉의 후반 작업이 남아 있지만 우선 CG 팀에서 1차 작업을 마친 뒤, 소스를 들고 LA로 넘어올 예정이다. 그리고 스튜디오 한 곳을 빌려 미친 듯이 편집에만 매진해야겠지.

그 덕분에 〈데드 매니악〉 시즌2를 제외하고는 그 어떤 차기작에 대한 문의도 받지 않고 있다.

정말, 연출은 아무나 하는 게 아니구나.

"배우가 편하지?"

재익이 형의 질문에 내가 풉, 웃음을 터뜨렸다.

"네. 그래도 덕분에 많이 배웠어요. 어떤 지랄 맞은 감독을 만나도, 그 감독 마음을 이해할 수 있겠다고나 할까."

"그 HBS 대머리 제작 PD도?"

〈데드 매니악〉의 HBS 제작 PD.

인종을 빌미로 출연료를 협상하던 그 자식.

"……아뇨. 그쪽은 용서가 안 됩니다만."

"제작 PD가 계속해서 UAA에 확인한다고 하더라. 40만 달러에 재계약. 이거, 어떻게 할 거야?"

나는 표정을 굳히며 말했다.

"만나서 직접 얘기할게요."

미국으로 간다.

··· 5장 ···

내 가치는, 말하는 대로

새해를 맞은 2월의 LA는 초입부터 시끌시끌했다.

"아카데미 시즌이라 그런가. 팸플릿들이 벌써 놓여 있네."

"아무래도 그렇죠."

그 이유는, 3월에 아카데미 시상식이 열리기 때문이다.

아카데미, 혹은 오스카. 미국에서 가장 권위 있는 영화제이
자, 전 세계가 주목하는 영화제.

'외국영화=할리우드'라는 공식은, 비단 한국에만 존재하는
것이 아니다.

단적인 예를 하나 들어볼까.

칸, 베를린, 베니스에서 작품상을 받는 영화들이나 배우상
을 받은 배우는 몰라도, 오스카를 들어 올린 배우가 누군지는

흔히 알고 있지 않은가. 자연스럽게 이 오스카를 받은 배우는, 적게는 수백만 달러에서부터 많게는 수천만 달러까지 브랜드 가치가 상승하고는 한다.

상 하나로 세세적으로 먹어수는 배우가 되는 것이다.

작년 3월의 나는, 아카데미와는 전혀 무관한 삶을 보냈지만, 올해는 조금 다르다.

〈7년의 기억〉 덕분이다.

"미국 진출한 지 1년이 다 되었는데, 한국 작품으로 방문할 줄이야."

아카데미에 출품되는 조건은, 까다롭다.

칸에서 작품상을 받던, 베니스에서 황금사자상을 받던 해당 영화가 미국에 상영하지 못하면, 후보조차 들 수가 없다.

반드시, 미국에 1주일 이상 상영된 작품이어야 한다.

〈7년의 기억〉은 정확히 21일간 전미에 상영관을 두었고, 롤아웃(관객 반응을 보고 개봉관을 늘려가는 방식)개봉으로는 이례적인 3,500만 달러 이상의 수익을 거두며 미국 개봉 한국 영화 역대 흥행 기록을 갈아치웠다.

또, 독일, 프랑스, 홍콩 등을 포함하여 21개국에 팔렸다.

그 덕분에 나와 박진우 감독 역시 아카데미에 참석할 자격을 얻게 된 것이다.

"벌써부터 열기로 후끈후끈하군."

공항에 도착해 주차장으로 향하는 길.

캘리포니아의 날씨는 선선했지만.

[올해 오스카의 주인은 누구?]

곳곳에 눈에 띄는 오스카 관련 문구들이 분위기를 바꾸고 있다. 확실히, 영화의 땅이라는 느낌이 확 풍긴다.

"아카데미 시상식, 참석할 거지?"

물론.

나는 고개를 끄덕였다.

"네, 가봐야죠. 미국 시상식은 어떤지. 이제껏 아카데미는 TV로만 봤잖아요."

"그렇지."

레드카펫을 밟는 다거나, 내가 도재희라고 할리우드 배우들 사이에서 만천하에 얼굴도장을 찍으려는 계산도 서 있다.

무엇보다 내가 원하는 것은 자극.

"물론, 수상은 어렵겠지만."

수상은 애초에 기대조차 하지 않는다.

"뭐, 현실이지. 그나저나 수상이라⋯⋯. 이번 오스카는 아무래도, '디트로이트 피플'이 유력하지?"

"그렇겠죠. 어마어마한 영화였으니까."

〈디트로이트 피플〉, 할리우드 최정상 인기배우 중 하나인 '레오파드 비트리오'가 주연으로 나온 범죄 스릴러 영화.

1990년대 미국 디트로이트를 배경으로 찍은 이 작품은 미국 자체 평점 9.9점에 총수익 3억 달러 이상, 그야말로 불패의 신화를 쓴 영화다. 이 영화의 주연배우가, 이번 오스카의 주인공으로 유력하다.

"받을 때도 되었지. 벌써 11년째 물만 마셨으니까."

거기다 11년째 남우주연상 후보에 '노미네이트'만 되었고 오스카를 직접 품지 못한 커리어도 애잔함을 더한다.

나는 오스카의 새로운 주인을 떠올리며, 주차장에서 UAA 에이전트 빌과 만나 베벌리힐즈에 있는 집으로 향했다.

에이전트 빌은, 만나자마자.

"경호원은 어디 있죠? 제기랄! 경호원 불러!"

호들갑을 떨며 이러쿵저러쿵 얘기들을 쏟아내기 시작했다.

"지금 '데드 매니악'은 미국에서 난리가 났어요. 공항에서 알아보는 사람 없으셨어요?"

알아보는 사람?

"한국인을 제외하면, 없었는데……."

"그분들 전부 TV 끄고 사시나 보네. 지금 미국은 온통 '데드 매니악' 열풍이라고요. '라스팔마스의 휴일'을 제치고 역대 전미 시청률 다섯 손가락 안에 들었어요."

"……대충 듣긴 들었습니다."

"이것 좀 보세요."

빌이 건네준 파일에는 시청률 추이를 나타내는 그래프가 상세하게 나와 있었다.

주목할 점은, 나의 비중이 높은 3, 4화부터 시청률이 대폭 상승했다는 점이다.

"이제, 미국에서 인지도나 위치가 완전히 달라졌어요."

나와 HBS PD가 나눈 계약 내용에 첨부한 세 가지 조건을 모두를 달성한 셈이다. 40만 달러 이상의 금액을 요구할 수 있는 주도권은 내가 이루어냈다.

"그래서, 개런티는 얼마를 제시하실 생각이십니까?"

"뭐, 최대한 많이 불러야지요."

돈. 결국, 프로의 가치는 돈이다.

어쩌겠는가. 그게 나를 위한 일이고, 나를 위해 일하는 모든 사람이 좋은 일인데.

"얼마로 협상할까요?"

"……이렇게 하시죠."

아카데미는 잠시 뒤로 미뤄 두고 내가 당장 해야 할 것은, 〈데드 매니악〉 시즌2 재계약과 올 하반기에 들어갈 차기작 물색이다.

"차기작은 약속되신 것이 있으십니까?"

"아뇨."

톱 배우들은 '몇 년 치 차기작'이 예정되어 있는 경우가 많다. '이 배우 아니면 안 됩니다'라는 경우에는, 제작진이 배우의 스케줄에 맞춰 기다리기 때문이다.

하지만 나는 다르다. 매년, 분기마다 돌아오는 뜰 수밖에 없는 '대작'들만을 기다린다.

그러니, 어지간한 섭외는 모두 패스.

"좋은 작품을 기다리고 있습니다. 소식은 없습니까?"

"물론, 있습니다."

미국으로 돌아온 그 날도, 내 하루 일과의 시작은 미국에서 진행할 차기작에 대한 내용이었다.

UAA라는 걸출한 에이전시는 몇 가지 잘 익은 작품들이 대기 중이라고 말했다.

"몇 개의 후보작들이 있습니다. 기대하셔도 좋습니다. 하지만 우선, 이쪽부터 마무리를 짓고 천천히 소개해드리도록 하겠습니다. 괜찮으십니까?"

미국 영화에서 한국인이 맡을 수 있는 역할이, 크면 얼마나 크겠는가. 기대감은 잠시 숨겼다.

"네, 그러세요."

우선, 가장 급한 것은 〈데드 매니악〉 시즌2 재계약이었고 다른 것은 돌아보지 않고 우리는 곧장 HBS로 향했다. 오랜만에 들어서는 방송국 건물 로비를 지나, 일전에 방문했던 적이 있는 사무실로 들어섰다.

그곳에서 오랜만에 마주한, 제작진들과 마주했다.

"재희!"

"감독님. 잘 지내셨습니까."

"물론이죠! 유튜브에 올라온 한국 시상식도 챙겨봤습니다. 하하!"

내 캐스팅을 적극적으로 지지했던 연출 감독을 포함한 스텝 일동과 반갑게 인사를 나누었다.

단 한 사람을 제외하고.

"오랜만입니다, 재희."

대머리 PD가 내게 악수를 청했고, 나는 아주 무덤덤한 얼굴로 손을 맞잡았다.

"물론이죠."

PD는 입꼬리를 바짝 올리고 웃는 얼굴로 나를 반겼지만, 얼굴색은 그다지 좋아 보이지는 않는다. 드라마가 흥행해서 기분은 좋지만, 자존심은 상하는 것이다. 자신이 보는 안목이 틀렸음을, 내가 증명했으니까.

시청률 추이를 분석한 그래프와 시청자들의 댓글은 속일 수가 없다.

"데드 매니악으로 할리우드 스타가 나왔군!"

언출신들이 내게 보내는 신뢰 역시 속일 수가 없다.

그래, 이제 칼자루는 내가 쥐고 있다.

"재계약 때문에 왔습니다."

"아, 기다리고 있었습니다."

"자리를 옮길까요?"

"그러시죠."

이제, 마구 휘두를 차례다.

40만 달러, 한화로 약 4억 4천만 원. 회차당 출연료로 계산했을 때, 10부작 드라마의 경우도 40억이 넘는다.

그런데, 16부작인 〈데드 매니악〉은 70억 원. 물론, 매니지먼트 떼이고, 에이전트에도 떼이고, 세금도 떼이겠지만 한국과는 감히 비교할 수조차 없는 말도 안 되는 금액이다.

하지만, 할리우드에서는 말도 안 되는 금액이 아니다.

물론, '초대박' 드라마라는 경우에 한해서지만 회차당 100만 달러(10억 이상)를 돌파한 배우의 대기록이 대체, 몇 년 전인가.

〈데드 매니악〉은 현재 진행형이고 앞으로 가능성이 더욱 큰 드라마다.

"그래서요. 얼마를 원하시는 겁니까?"

뜸 들이는 이유는, 당연히 그 이상을 원하기 때문이다.

내가 고개를 돌리자, 에이전트 빌이 PD 쪽으로 돌아서며 말했다.

"60만 달러."

PD의 안색이 굳어졌다.

"……네?"

"저희는 60만 달러를 원합니다."

"잠시만요. 그건 신인에게 너무 터무니없는……."

"아직도 재희를 단순한 신인으로 생각하시는군요."

에이전트 빌이 강하게 몰아붙였다.

"한국에서 남우주연상을 수상했다는 소식은 듣지 못하신 모양입니다."

"물론, 들었습니다. 하지만 미국에서는……."

"미국에서도 증명했지요. '7년의 기억'은 아시아 영화 최고 흥행 기록을 세웠고, 할리우드 스크린 데뷔작도 주중 북미 개봉을 앞두고 있습니다. 엘라니 오코너가 뮤직 디렉터로 참여했던 그 영화요."

"……"

PD가 입을 다물었다.

40만 달러. 이 정도는 예상했던 금액이리라. 하지만 1.5배를 들고 왔으니, 놀라는 것은 당연하다.

"거기다, 오웬 감독과 찍었던 '패브리케이터'가 올 5월 프랑스 칸 영화제 출품을 위해 준비 중입니다. 이 점도 고려해 주십시오."

"……그 소식은 물론, 기사로 봤습니다만……."

"음."

에이전트 빌 역시, 물러날 기색이 없다는 듯 거세게 몰아붙였다. 그는 알고 있다. 내 뜻이 그러하고, 에이전시의 뜻도 그러하다. 이쪽은 아쉬울 것이 없다.

"거기다, 재희 한국 스케줄이 아직 안 끝난 건 아십니까?"

"……그건 무슨 말이죠?"

"재희가 연출했던 영화. 촬영만 끝낸 상태로 편집도 하지 못한 채 미국에 왔습니다. 이유는, 오직 하나. '데드 매니악' 촬영 스케줄에 지장이 생기지 않기 위해서. 이 작품에 대해 그만큼 책임감과 애정을 보이고 있기 때문이지요."

현실과, 가능성. 그리고 책임감이라는 감정에 호소하는 언변까지. UAA는 명성에 맞는 실력을 보여주었고, 나는 만족스럽게 손가락으로 Okay 사인을 보냈다.

"그럼."

빌이 굽혔던 상체를 펴며 뒤로 한걸음 물러났다.

이제 내가 나설 차례다. 물론, 하차라는 명목으로 협박을 하거나 주제도 모르고 설칠 생각은 없다.

"시즌2에서 제가 제값을 못 한다고 느끼신다면, 얼마든지 개런티를 동결하셔도 좋습니다. 전 아시아인이니까요."

"아, 그런 것이 아니라⋯⋯."

"그게 아니라면, 시즌2에서 똑같이, 아니, 그 이상으로 증명해 보겠습니다. 아니면 혹시, 저와 또 다른 계약 조건을 원하십니까?"

또, 나와 인종과 개런티를 이용해 도박을 벌이겠냐는 가벼운 도발.

"⋯⋯."

그 말에 PD가 입을 다물었다.

앞으로 상승할 내 브랜드 가치, 영향력 등을 고려하며 머릿속으로 계속 계산기를 두드리고 있을 것이다.

60만 달러는, 그냥 나온 금액은 아니다.

주인공 '조지'가 시즌1에서 받았던 금액이 회차당 50만 달러다. 시즌2에서 최소 70만 이상은 받을 것을 예상했기에, 눈치껏 그 아래를 부른 것.

내 나름대로 주제를 알았기에 한 배짱인 것이다.

나는 그 자리를 떠나지 않고, 잠자코 기다렸다. 이 거대한

벽이 허물어지는 데까지 오랜 시간이 걸리지 않을 것이라는 확신이 있어서다.

PD의 입이 열리기까지 그리 오래 걸리지 않았다.

"저 혼자 결정할 수 있는 사안은 아닙니다. 일단, 일단은……
알겠습니다. 후, 위에 요청해 봐야겠군요."

이 대답은 승낙이나 다름없다.

에이전트 빌이 속으로 쾌재를 부르는 듯 활짝 웃었고, 나 역시 만족스럽게 웃어 보이며 가벼운 손을 PD에게 건넸다.

"앞으로도 잘 부탁드립니다."

"……네."

PD가 내 손을 맞잡았다.

그의 손에는 땀이 송골송골 맺혀 있었다.

〈데드 매니악〉 제작 PD는 매우 냉철한 인물이다.

제작 PD라는 직책은, 필수불가결하게 돈에 의해 움직인다. 돈이 안 되는 작품은, 빠르게 회수하고 돈이 되는 작품은 그 이유를 분석해서 끌어올린다.

HBS라는 걸출한 방송국에 꼭 어울리는 인재라는 평가. 그랬기에 도재희와 시즌1에서 진행했던 '조건부 계약'은 불이익이 없었다.

40만 달러라는 개런티를 보장해 주고 드라마가 흥행할 수 있다면, 훨씬 큰 이득이 되니까. 무엇이 되든 회사에게는 이익이다.

그런데 60만 달러라는 개런티는, 이야기가 조금 다르다.

액수가 조금 늘어난 실질적 이유보다는 상징적인 이유가 크다. 미국에 족적을 뚜렷하게 남긴 동양인 배우에게 이런 개런티를 지급한 적이 있던가.

전례가 없는 일. 일종의, 생태계를 파괴하는 두꺼비.

개런티는 암묵적인 비밀이지만, 으레 돌고 돌게 마련.

도재희보다 개런티가 적은 배우들이 항의하지는 않을까, 이런 비슷한 골머리를 앓았다.

하지만, 개런티 최종 협상을 위해 찾은 CP실에서 금세 그런 걱정을 접어버리고 말았다.

CP가 단호하게 말했다.

"재희? 시즌2에서 주인공이나 마찬가지인데, 달라는 대로 줘 버려."

"……."

괜한 우려였던가. 아니면, 자신이 시대와 동떨어진 사고방식을 가지고 있는 걸까.

"배우들이 항의하면, 시즌2에서 그만큼 보여주라고 해. 어쫍잖은 것들이 그렇게 나오면, 알잖아. 좀비로 만들어서 잘라 버려. 근데, 재희는 안 돼. 무조건 붙들고 있어야 해."

"……아."

자신을 세외하고 모두가 YES라고 말하고 있다.

오히려 자신이 마음을 고쳐먹어야 할 때가 아닐까.

고민이 스쳤다.

'주류'가 바뀌고 있다. 그에 따라, 아카데미 시상식 분위기도 자연스레 바뀌고 있다.

몇 년 전, 오스카 시상식의 배우 후보가 모두 백인들로 구성된 사건이 있었다. 그 이후, 시상식 자체를 보이콧하는 유색인종 배우들이 늘어났고, 점차 유색인종이나 여성들에게 보이지 않게 가해졌던 페널티가 사라지는 추세다.

최근에 도재희를 주축으로 있었던 #Do. 역시 연장선.

'골치 아픈 배우가 들어왔다고 생각했는데……'

아니었다.

할리우드에 불어오는 새바람을 타고 오히려 순항 중이다.

〈게라드 쇼〉에서 있었던 논란을, 결과로 증명해 내고 있다. 언더독 신분으로 호시탐탐 오스카를 노리는 외국인 배우가 아니라, 주류가 되기 위해서.

"……알겠습니다."

PD는 CP와의 만남 이후, 복잡해진 마음을 정리했다.

그리고 사무실로 돌아와 새끼 PD에게 말했다.

"UAA에 전화해."

"네! 뭐라고 말할까요?"

그의 표정이 한결 편안해졌다.

"원하는 대로 해주겠다고."

··· 6장 ···

인클루젼 라이더(inclusion rider)

〈아다지오〉가 개봉했다.

영화 아다지오는, '다양성'에 의미가 있다.

여성, 성 소수자, 유색인종, 장애인.

미국 사회에서 항상 주류가 되지 못하던 존재들이 하나로 뭉쳐, 낙천적인 희망을 노래하는 영화.

그리고 이러한 영화의 메시지는 요즘 흘러가는 아카데미 분위기와도 적절하게 맞아떨어지며 호응을 불러일으켰다.

〈게라드 쇼〉에서 내가 호소했던 말.

"도와주세요."

게라드가 이렇게 내게 말했었지.

"재희, 당신이 출연하는 영화 이야기군요."

영화와 관통하는 내 메시지의 진심이 닿았을까.

2월, 미국뿐만 아니라, 한국에서도 동시에 개봉한 이 영화는 아주 서서히 세계 각지에 울려 퍼졌다.

Railway sing, Drawing drive, Alone House, Stay with You. 엘라니 오코너가 만들고, 내가 불렀던 위의 노래들의 경우에는, 흥행 여부에 따라 정식 음원 발매에 대한 이야기가 오가기도 했다. 분위기로 봐서는 거의 확정적이지만.

이로써, 올해 상반기에 준비된 내 연쇄 폭탄 모두가 미국 전역을 강타했다.

"오빠, 어떤 기분이에요?"

"아직 뭐."

유명한 말이 하나, 있지 않은가.

거스 히딩크 감독의 '나는 아직도 배가 고프다'라든지.

"차기작 들어오는 걸 봐야 알 것 같아요."

조금 개선될 여지가 생겼다는 것.

예년과 내 인지도가 많이 달라졌다는 것은 인정하겠다.

하지만, 모르는 거지.

UAA에이전트 빌이 베벌리힐즈를 방문했다.

"후아, 볼 때마다 감탄이 나오는 집이로군요."

손에는 갈색 서류 가방이 들려 있었는데, 그곳에서 두꺼운 종이뭉치들을 잔뜩 꺼내 들었다.

"이 모두, 재희 이름으로 들어온 작품들입니다. 분류는 두 가지로 해두었어요. 주연이냐, 조연이냐."

주연으로 묶여 있는 파일은 비교적 얇았다. 몇 작품 안 들어 있다는 의미. 반면에 조연은 두껍다.

"빨간 포스트잇을 붙여놓은 작품들은, '데드 매니악' 시즌2 촬영 여건상 불가능한 작품들입니다. 혹시 몰라 챙겨왔어요. 그러니 마지막에 보시면 됩니다. 파란 포스트잇은, 여름 이후에 들어갈 하반기 작품들이구요. 추정 개런티도 파악해 두었으니 찬찬히 확인해 봐요."

작품들이 쏟아져 나왔다. 나는 재익이 형과 함께 이들을 찬찬히 검토해 보기 시작했다. 드라마, 영화를 떠나 다양한 장르에서 러브콜이 들어왔는데 재미있는 점은.

"뮤지컬이네요?"

브로드웨이 뮤지컬에서도 러브콜이 들어왔다.

"네. 가장 최근에 들어온 겁니다. 아다지오가 시장에서 호응을 얻고 있으니까요."

내 모자란 보컬 테크닉이 그대로 드러난 영화다. 그랬기에 더욱 아마추어들의 진심을 느낄 수 있었다는 평가지만.

"뮤지컬은 좀."

가볍게 패스.

"음료수 한 잔씩 드시면서 하세요."

메이크업 아티스트 초희 씨가 시원한 아메리카노 네 잔을 들고 우리들 틈바구니에 스며들었다.

"초희 씨도 봐요."

"앗, 그래도 될까요."

그렇게 한참을 시놉시스를 뒤적거렸다.

"이건 어때?"

재익이 형의 제안에 추천한 시놉시스를 확인했지만, 나는 고개를 저었다.

"글쎄요."

이러한 과정을 거치며 또 한 번 느꼈지만, 역시 오웬 감독의 〈패브리케이터〉 같은 영화는 없었다는 점이다.

꽤 비중 있는 주조연으로 출연하지만, 어딘지 모르게 배역에 선입견이 끼어 있거나, 에피소드가 엉성한 것이 다수. 동양인은 대부분 겉절이 취급.

"전부 별로인데. 이거 봐도 되죠?"

나는 빨간 포스트잇을 뒤적거렸다.

"아, 물론입니다."

메인 촬영지가 캘리포니아가 아니거나, 시기가 정확히 맞물려 〈데드 매니악〉과 공존이 불가능한 영화들 사이에서 한 작품을 건질 수 있었다.

"이거 재밌는데요. 일단, 킵 해두고."

다음은 파란 포스트잇을 확인했다.

여름 이후에 들어갈 하반기 영화에서 두 작품을 건졌다.

그렇게 총 세 작품 정도가 추려졌다.

각각 면목을 살펴보자면.

〈헤일럿 카페테리안〉은 로맨틱 코미디에 가까운 장르다. 밴드 영화이기도 한데, 주인공 밴드가 일하는 카페의 젊은 동양인 사장 역할이자, 밴드 매니저의 역할. 이 영화의 장점은, LA를 배경으로 찍기 때문에 드라마를 찍으면서도 가능하다는 점이지만, 결정적으로 하반기에 촬영 예정이다.

감독은 나도 알 정도로 인지도 있는 여성 감독이고, 희망과 낭만, 사랑을 노래한다는 점은 장점.

[84/100](+3)

조금 뻔하고 아쉬운 전개와 내 비중이 크지 않다는 점은 단점이었다.

"이거, 일단은 킵 할게요."

"오케이, 다음은?"

"이거. '황혼의 드리프트'"

이름에서 예상 가능한, 블록버스터 액션 레이싱 영화다.

국내에서도 이니셜 시리즈나, M맥스 시리즈 등, 액션 레이싱 영화가 흥행할 수 있다는 것을 증명해 냈었다.

이렇게 시리즈로 나온다는 의미부터가 일정 수준 이상의 흥행을 했다는 소리고, 소위 말하는 '평타'는 친다는 말이기도 하다. 점수 역시 나쁘지 않다.

[[88/100](+4)

역할은, 절정의 기량을 과시하는 동양인 레이서. 조승희가 비슷한 영화에 비슷한 역할을 7, 8년 전에 맡았었는데, 그와 똑같은 캐릭터다. 이들에게 고정적인 이미지가 있나 보다.

이 영화는 촬영지가 전미에 걸쳐져 있어 너무 다양하다는 것이 단점이지만, 촬영 스케줄이 여유롭다. 〈데드 매니악〉 촬영이 모두 끝난 이후에 들어갈 수도 있다.

빌이 내 안목을 칭찬했다.

"잘 고르셨어요. 가장 화끈한 캐릭터이자, 가장 후한 개런티를 보장한 팀입니다."

그래. 그만큼 뻔한 캐릭터이기도 하지.

개런티는 한화로 약 14억 이상. 국내 영화배우의 할리우드 최대 개런티를 훌쩍 갱신하는 수치다.

"이건 어때요?"

마지막에 들어 올린 작품은, 〈쓰나미 인 캘리포니아〉.

〈데드 매니악〉의 열풍 효과를 톡톡히 본 섭외라고 할 수 있다. 의문의 거대한 쓰나미가 캘리포니아에 들이닥치고, 이 전대미문의 재난 속에서 생존해 나가는 캘리포니아 사람들의 생존 영화. 나는 그중에서 한인 타운에 거주하는 주인공급 '한도'를 연기한다.

[[94/100](+5)

점수가 훌륭해서 뽑아 들었다.

하지만, 그만큼 양날의 칼이나 다름없는 작품이다.

〈데드 매니악〉과 캐릭터가 너무 비슷하기 때문이다.

장점이라면, 〈데드 매니악〉의 낙수효과를 그대로 받아 흥행에 성공할 가능성이 높다는 점이지만, 단점이라면 역시 이미지의 고착화. 가장 큰 문제점은, 빨간 포스트잇이 붙어 있는 영화다.

포스트잇을 본 빌이 고개를 저었다.

"아, 그건 힘들지도 모르겠네요."

"이유는요?"

"음, 이유는 크게 두 가지가 있는데……. 첫 번째 이유는 재희, 영화 편집을 해야 한다고 했죠? 시기가 겹칠 겁니다."

"아, 그렇군요."

내 스케줄과 촬영 예정 시기가 맞지 않는다.

"그런데 더 큰 문제점이 뭔지 아십니까?"

"뭐죠?"

"아직 배우 캐스팅이 전혀 안 되었습니다."

"네?"

배우 캐스팅이 안 되었다고?

"이유가 뭐죠?"

이유는 여러 가지가 있을지도 모른다.

배급, 시나리오, 자금 등등.

하지만 그 모든 것들은 아니라고 말했다.

"배우 때문이죠."

"……배우요?"

조금 '상징적'인 예를 들자면 기본적으로 할리우드를 비롯한 대한민국 어떤 영화계든 제일 처음으로 '캐스팅'된 배우를 중요시 여긴다.

일반적으로 배우들에게 영화 제의가 들어오면 대부분 이렇게 묻는다.

'그래서, 누구랑 하는데?'

그 배우가 A급인지, B급인지. 속물적으로 보이지만, 이게 캐스팅의 승패를 좌지우지하는 경우가 많다.

그런 의미에서, 〈쓰나미 인 캘리포니아〉의 감독은 업계에서 천방지축이나 다름없었다.

"이 감독, 재희를 처음으로 캐스팅하고 싶어 해요."

"예?"

나를 중심으로 영화를 찍겠다는 말이다.

'도재희가 영화에 참여했습니다'라고 하고 싶어 한다는 것.

"재희가 첫 캐스팅이 되었으면 하고 간절히 바라고 있습니다. 그럴 수만 있다면, 재희를 위해 스케줄 조정도 불사하겠다고 말하고 있지만…… 저희는 추천하고 싶지 않네요."

"왜죠?"

"러시아계 신인 감독입니다. 작년 선댄스에서 작품상을 수상한 젊은 감독의 메이저 데뷔작이죠. 진짜 문제는, 이게 아닙니다."

"뭐죠?"

"데드 매니악의 엄청난 팬이라고 하더군요."

젊은 신인 감독. 거기다 드라마 덕후. 최근 보았던 드라마를 통해 홀딱 반하게 된 동양인 배우. 그를 처음으로 캐스팅하기 위해, 다른 섭외를 진행시키지 않는 돌연변이.

"……독특하네요."

"그렇죠. 저희와 통화를 나누었는데, 이런 얘기를 했습니다. '퍼킹! 이 사람이라고요!' 어쩐지, 믿음이 가는 느낌은 아니었습니다."

어떤 느낌인지 알겠다. '괴짜'의 냄새를 풍긴다는 거잖아.

하지만, 가장 비중이 크고 입체적인 인물이라는 점이 마음에 들었다.

에이전시에서 빨간 포스트잇으로 경고했음에도.

"궁금한데요."

한번 만나보고 싶다는 욕심은 숨기기 어려웠다.

그래. 난 항상, 하고 싶은 연기만을 해왔고, 될성부른 작품만을 골라왔다.

이 작품은 그 떡잎이 보인다. 아주 크게.

"이 감독, 한 번 만나볼게요."

〈쓰나미 인 캘리포니아〉의 감독과 처음 만난 자리.

그는 나를 보며 호들갑을 떨었다.

"퍽! 제기랄! 와주셨군요!"

보글보글 파마한 머리에, 두꺼운 뿔테안경. 러시아식 억양인지 어딘가 거세게 느껴지는 영어 발음. 이 모든 것들이 그를 '범상치 않은 '괴짜'로 단정 짓게 했다.

나는 그를 향해 딱 한 마디를 했다.

"인클루전 라이더(inclusion rider)."

일정 비율 이상의 여성, 유색 배우 등을 집어넣을 것.

주연배우가 제작진에게 요구하는 조건.

그 말을 들은 '앤소니 엘친'은 손가락을 튕기며 말했다.

"내가 사람을 아주 제대로 봤네!"

인클루전 라이더 (inclusion rider), 주연배우가 제작진에게 다양한 배우를 섭외할 것을 요구할 권리. 즉, 나를 섭외하고 싶으면 불필요한 백인 위주의 캐스팅을 줄이고 배역의 다양성을 인정할 것. 갑질로 비추어질 수도 있지만, 요즘 할리우드에서는 개런티처럼 당당하게 요구할 수 있는 부분으로 자리 잡고 있다.

정확하게 말하자면, 할리우드 시장은 백인들만의 시장이 되어서는 안 된다는 경고이자, 인지도를 가진 유색 배우들이 권장하는 하나의 운동이다.

<쓰나미 인 캘리포니아>의 감독 앤소니 엘친은 폭탄이라도 맞은 것 같은 커다란 파마머리를 흔들며 웃어댔다.

"으하하, 당신이라면 그런 제안을 할 것 같았어요. '게라드 쇼'에서도 그렇고. '아다지오'에서 보낸 메시지도 그렇고. 이미 짐작하고 있었습니다."

"게라드 쇼, 보셨습니까?"

"네. 모르긴 몰라도, 당신의 아이덴티티를 저만큼 잘 이해하는 백인은 없을 겁니다."

"……"

내 아이덴티티. 대체 뭘 말하는 걸까?

나를 동양 배우들의 구원자 정도로 여기는 걸까.

뭐가 되었든, 앤소니 엘친은 나에 대해 아주 상세하게 알고 있는 것 같았다.

"데드 매니악을 통해 재희를 처음 보았어요. 마침 제가 준비하던 영화에 동양인이 필요했죠. 딱 보고 홀딱 반했어요. 퍽킹! 저 배우 도대체 누구야? 눈이 휘둥그레졌죠. 더스트들에게 쫓기며 모두가 '비인간적'으로 변해가는 인간들 사이에서 끝까지 '인간성'을 버리지 않던 그 순수함. 그 얼굴!"

앤소니 엘친은 잠시 상념에 빠져들었다. 〈데드 매니악〉 시즌1의 연기를 한 장면 장면마다 곱씹는 듯했다.

"제가 정확하게 찾던 배우였어요. 그 뒤로 알아봤죠. 한국에서는 이미 어마어마한 지지를 얻은 톱스타. 거기다, 찍었다하면 흥행. 지난 3, 4년간 성공만을 달려온 배우. 한국기사도 봤죠. 도재희가 선택한 영화는, 흥행한다."

앤소니 엘친이 자신만만하게 웃었다.

"재희, 제 영화에서 흥행을 보셨습니까?"

"……"

"그랬으면 좋겠어요. 퍽킹! 남들에게 알려주고 싶다고요. 나와 당신의 천재성을."

감독이라고 하기엔 어딘가 어설프고 거친 언행. 신인이라고 하기엔 과한 자신감.

UAA 말대로 그는, 괴짜였다. 그의 영화를 아직 찾아보지는 않았지만, '젊은 천재', '괴짜 감독'이라는 호칭을 불러일으키는 것을 보아 실력파임은 확실한 것 같은데.

내가 말했다.

"좋아요. 인정할게요."

"무엇을요? 나와 당신의 천재성을?"

"……뭐. 잘은 모르겠지만."

[94/100](+5)

"당신의 시나리오에서 힘을 느꼈습니다. 그 점은 부인할 수 없겠군요."

"퍽! 예쓰!"

내 대답이 끝나자마자 앤소니 옐친이 자리에서 일어나 폴짝 뛰었다.

"그 말씀은, 저와 함께하고 싶다는 말씀입니까?"

나는 단호하게 말했다.

"그렇게 말하지는 않았습니다. 이건, 미팅일 뿐이니까요."

그러자 앤소니 옐친의 세상 다 가진듯한 얼굴이 무너져내렸다.

"……이럴 수가."

아직 난, 내가 듣고 싶은 대답을 듣지 않았고, 이런 내 말이 '거절'로 느껴졌는지, 앤소니 옐친이 손가락을 하나 들어 올리며 아주 간절한 얼굴로 말했다.

"부디, 부디. 제게 한 시간만 줘요."

"그러죠. 그전에."

"……말씀하세요."

"아시다시피 LA에는 다양한 인종이 모여 있습니다. 이곳을 배경으로 하는 영화인 만큼, 인클루드 라이더. 저의 조건을 들어줄 준비가 되었으면 좋겠군요."

그러자 앤소니 옐친이 환하게 웃었다.

"물론이죠."

앤소니 옐친은 크게 세 가지 조건을 내게 걸었다.

"첫째, 인클루드 라이더. 이는, 재희를 첫 번째로 섭외하면서 스스로가 다짐했던 것 중 하나입니다. 게라드 쇼에서 재희의 모습이 큰 자극이 되었죠. 그러니, 걱정하실 필요가 없습니다."

보다, 다양한 인종의 사람들이 등장하는 영화.

"둘째, 섭섭하지 않은 개런티. 이는 제가 확답을 드릴 수는 없는 문제지만, 이미 제작사와는 얘기가 끝났습니다. 재희를 처음 섭외하겠다? 퍽! 끝났죠."

처음 섭외되는 배우는, 〈쓰나미 인 캘리포니아〉의 얼굴이다. 내 이름이 할리우드 전역에 돌아다니며, 내 얼굴과 내 이름값을 걸고 다른 배우들에게 신뢰를 심어주는 작업.

즉, 개런티는 걱정하지 말 것.

"셋째, 재희의 스케줄을 100% 고려하겠습니다. 기다릴 수 있어요. 한국에서 연출한 영화, 편집 작업이 남았다고 들었습니다. 모두 끝내세요."

"촬영 스케줄에 차질은 없나요? 개봉 예정일이 잡혀 있다고 들었는데."

"괜찮습니다. 서둘러서 찍으면 되죠."

일전에 UAA 에이전트 빌이 내게 말했었지. 〈쓰나미 인 캘리포니아〉팀이 촬영 일정을 서두르고 있다고. 그렇기에 내 일정과 맞지 않아 빨간 포스트잇이 붙었었다.

그 이유가 바로, 개봉 예정일이 잡히는 경우 때문. 이렇게 개봉 예정일이 제작 전부터 미리 잡히는 경우도 있다.

한국의 'JW미디어'처럼, 배급과 제작을 동시에 하는 굴지의 대기업의 투자를 받을 경우나 혹은, 워낙 큰 흥행을 거둔 영화의 시리즈물이거나, 감독의 이름값이 큰 경우.

〈쓰나미 인 캘리포니아〉의 경우는 철저한 전자다.

19세기 무비베어. 세계 최정상의 영화 제작사 중 하나.

대체 이 젊은 러시아계 미국인을 천재 괴짜로 만들어준 데뷔작이 어떻길래 저런 대기업에서 이런 전폭적인 지지를 보내는 것일까. 한번 챙겨봐야겠다.

"그러서도 되겠습니까?"

"예. 별것 아닙니다."

"……그렇군요."

내가 선택한 영화와 드라마=흥행이라는 공식.

"재희만 섭외할 수 있다면 더한 조건도 들어드릴 용의가 있습니다."

"……."

내 팬이라는 이유도 한몫한 듯 보이지만, 결정적으로 그가 나를 원하는 진짜 이유는, 이렇게 철저히 계산적인 이유다.

나 역시, 계산적인 이유다. 이 영화는, 될성부른 영화다.

거기다 내게 모든 조건을 맞춰주겠다고 안달 나 있는 상태라면.

"괜찮네요."

긍정적일 수밖에.

19세기 무비베어와 앤소니 옐친 감독은 도재희와의 만남 이후, 언론에 알리지 않고 최대한 비밀리에 할리우드 에이전시와의 만남을 주선했다.

UAA를 비롯해 UTA, Hollywood Actor Guild, LA Factory 같은 곳들. 그중, Hollywood Actor Guild라는 에이전시는 인지도 높은 유명한 배우들이 즐비하게 모여 있었는데, 이곳이 가장 최우선 타깃이었다.

"캐스팅 제의로 찾았습니다."

"어디서 오셨습니까?"

"19세기 무비베어."

"아, 지금 나가겠습니다."

에이전시를 찾은 앤소니 옐친은 19세기 무비베어라는 후광을 등에 입고 VIP 접견실로 안내받았다. 그리고 에이전트들과 만난 그는, 두꺼운 뿔테안경을 고쳐 쓰며, 그 어느 때보다 당당한 얼굴로 말했다.

"'벤자민 찰리'를 캐스팅하고 싶습니다."

'벤자민 찰리', 할리우드에서 떠오르는 차세대 라이징 스타. 올 아카데미 시상식에서 오스카 수상이 유력한 '레오파드 비트리오' 가 출연했던 〈디트로이트 피플〉에서 조연을 맡았고. 인상 깊은 연기력으로 극찬을 이끌어내며 흥행에 일조한 또다른 1등 공신이었다.

"벤자민이 휴식을 원하고 있긴 합니다만…… 어떤 영화입니까?"

앤소니 옐친이 시놉시스를 꺼내 들었다.

〈쓰나미 인 캘리포니아〉, 무난해 보이는 재난 영화.

사실, 시놉시스 따위는 중요하지 않았다. 에이전트는 19세기 무비베어라는 이름을 보고 이 자리에 나왔기 때문이다.

제작사가 어디인지, 배역의 비중이 어떤지, 개런티는 얼마인지. 중요한 것은 따로 있었다.

"벤자민에게 건네 보겠습니다. 그런데, 무슨 역할입니까?"

주연이냐, 조연이냐.

벤자민 찰리는 최근 주연급으로의 성장이 확실시되고 있고 이를 굳히기 위한 작품에 투입될 가능성이 크다.

대부분의 관계자들이 그렇게 인지하고 있고, 최근 밀려드는 영화들 모두가 주연이었다. 그렇기에 당연히 주연인 줄 알았다.

그런데.

"조연입니다."

"……네?"

"뭐, 굳이 따지자면 주조연이라고 할 수 있겠네요. 비중이 가장 크지는 않습니다."

"……."

에이전트의 표정이 살짝 굳어졌다.

"저희, 몇 번째로 찾아오셨습니까?"

"두 번째입니다."

"그럼, 첫 번째가 주연이겠군요. 대체 주연이 누굽니까?"

앤소니 옐친은, 자랑스럽게 말했다.

"도재희입니다."

"……네? 아, 그 동양인 배우요?"

"동양이 아니라, 한국입니다만……. 어쨌든."

앤소니 옐친이 아주 익살스럽게 웃으며 손뼉을 탁! 쳤다.

"죽이지 않습니까? 뎀잇! 캐스팅 끝났다고요!"

"……"

에이전트의 얼굴이 묘해졌다.

한국인 배우가 가장 먼저 섭외되고, 그를 얼굴마담으로 세워 할리우드 굴지의 에이전시에 당당하게 찾아온 이 괴짜 감독을 어떻게 받아들여야 할지 당최 감이 오질 않는 것이다.

〈데드 매니악〉이 대형 성공을 거두고 인지도가 급격히 상승했음은 인정하지만 이제껏 이런 적이 없었으니까.

"……일단, 벤자민에게 보여주겠습니다."

하지만 앤소니 옐친 감독은, 그딴 쓸데없는 전례 따위는 다 개나 줘버리라는 듯 보였다.

"벤자민에게 꼭 전해주세요. 참여하지 않으면, 오 마이 갓! 내가 이런 빅 애플을 놓쳤어? 젠장! 에이전시 당신들 일을 어떻게 한 거야! 이렇게 말할 겁니다. 확신해요."

이렇게 웃고 있지만, 사실 앤소니 옐친의 진짜 속내는 따로 있었다.

'우리가 우스워 보여?'

신인 감독, 아니, 실력보다는 괴짜로 소문난 감독, 최근 급부상했지만, 태생적인 한계가 있는 동양인 배우. 이 조합이 주는 이런 애매한 반응은 이미 예상하고 있었다.

그랬기에 더욱 자신 있게 '도재희'의 이름을 언급했다.

"그는 의심의 여지가 없는 할리우드 최고의 배우입니다."

앤소니 옐친이 도재희에게 반한 결정적인 이유.

"네. 모르긴 몰라도, 당신의 아이덴티티를 저만큼 잘 이해하는 백인은 없을 겁니다."

자신의 위치에 대한 편견을 깨부수며 증명한 실력, 치명적인 단점을, 장점으로 승화시키는 실력.

앤소니 옐친은 도재희가 자신과 닮은 구석이 있다고 생각했다.

"오, 이런 시간이 벌써 이렇게 되었군. 에이전시 미팅이 꽉 잡혀 있습니다. 일어나보도록 하죠."

"아, 네."

앤소니 옐친이 등을 돌렸다, 황급히 다시 고개를 돌리며 말했다. 아주 단호한 어조였다.

"잠시만. 명심하세요. 제 성질머리가 지랄 맞아 오래 기다리지는 못합니다. 다른 에이전시로 가는 길에, 아 이 배우는 벤자민보다 블라블라가 어울릴지 몰라, 이렇게 생각할지 몰라요."

그리고 피식 웃어주고는 등을 돌렸다.

그의 언행은 거침없었다.

'네가 그렇게 잘났어? 얼마나?'

이렇게 대놓고 비웃어주는 것만 같았는데.

또 에이전시 입장에서는 마냥 화내고 무시할 수는 없는 것이, 상대가 19세기 무비베어다.

거기다 저 자신감은 대체 뭐란 말인가?

"……."

에이전트들은 앤소니 옐친이 사라진 자리를 멍하니 바라보다 황망히 중얼거렸다.

"……벤자민에게 연락 넣어."

영화 〈쓰나미 인 캘리포니아〉의 캐스팅 바람이 LA를 물들이기 시작했다.

··· 7장 ···

아카데미 시즌

"헬로우! 에브리원! 한 주 동안 잘 지내셨나요? 지상 최대의 토크쇼! '게라드 쇼'가 돌아왔습니다."

게라드 윌리엄 주니어. 할리우드 동향에 누구보다 밝은 그가 이번 주 초대한 남자는, 두 명이었다.

메인 초대석에 앉은 남자는, 할리우드 연예계 기자 존 터너. 게스트석에 앉은 사람은 HAG(Hollywood Actor Guild) 소속 배우 벤자민 찰리.

기자와 배우, 얼핏 보기에 두 사람은 공통점이 전혀 없는 듯 보였지만, 게라드 윌리엄 주니어가 이 둘을 함께 토크쇼로 초대한 이유는 명확했다.

"어떤가요? 요즘 할리우드 분위기가?"

"똑같죠."

기자를 향한 게라드의 질문에 기자가 익살스러운 표정을 지으며 말했다.

"오스카의 수인은 누구?"

그러자 방청객에 앉은 인원들이 빵! 터졌다.

할리우드에 이보다 뜨거운 주제가 있던가.

"그렇죠."

하지만 게라드는 방청객들을 향해 당당히 말했다.

"오스카. 그보다 뜨거운 주제가 할리우드에 어디 있겠습니까? 물론, 그 이야기도 좋지만…… 오스카 특별 방송은 다음 주에 진행됩니다. 오스카 2주 전에 상을 누가 받느냐, 뭐 이런 이야기로 바쁜 두 사람을 이 자리로 부르지는 않았겠죠. 안 그래요, 벤자민?"

게라드의 질문에 벤자민 찰리.

할리우드에 떠오르는 라이징 스타가 웃어 보였다.

"네, 맞아요. 게라드. 저는 오스카 때문에 이곳을 찾은 것은 아닙니다. 물론, 그랬으면 좋겠지만."

"하하! 하고 싶은 말이 뭔가요?"

"제 차기작에 관한 내용입니다."

"차기작이요?"

"네. 그리고, 할리우드를 흔드는 어떤 '듀오'에 관한 이야깁니다."

그러자 기자 존 터너가 반응했다.

"맞아요. 그들은 매우 독특하죠. 아니, 특별하달까."

게라드가 짐짓 모르는 얼굴로 물었다.

"할리우드의 특별한 듀오라…… 떠오르는 사람이 많습니다만. 요즘 할리우드 사정을 들여다본다면, 저도 딱 하나의 듀오가 떠오르는군요. 일전에 저희 게라드 쇼에 출연한 적 있던 사람이 맞습니까?"

"네, 맞아요."

"재희군요?"

벤자민 찰리가 어깨를 으쓱이며 긍정을 표했다.

"맞아요, 게라드."

"재희를 기억하십니까? 일전에 영화 '아다지오' 촬영 당시만 해도 할리우드에 적응하지 못한 신인배우였던 그 한국인 친구요. 그런데 지금은 어떻습니까? 불과 1년 사이에 할리우드에서 가장 영향력 있는 동양인 배우가 되었어요. 올해에는 영화 '7년의 기억'으로 외국어영화상 후보로 오스카에 참석합니다. 아, 동양인이라는 표현이 그와 내 사이를 구분 지으려는 것은 아닙니다."

게라드의 열정적인 언변에 방청객들이 열띤 호응을 보내주었고, 게라드는 더욱 힘주며 다음 말을 뱉을 수 있었다.

"하지만, 우리는 이렇게 생각하죠. '저 사람, 우리와 다르잖아.' 인정하자고요. 그런 재희가, 지금 할리우드에서 '주연'으로 데뷔합니다. 앤소니 옐친이라는 러시아 출신 천재 영화감독과 손을 잡았죠. 그들 뒤에는 이름만 대면 우리 모두 다 알고 있는 유명 배급사도 있습니다. 돈, 재미있는 시나리오, 그리고 훌륭한 배우가 한데 모여 할리우드를 전복시키려고 하고 있다고요!"

게라드의 일장연설이 끝나자, 우레와 같은 박수가 터져 나왔다. 게라드는 멋쩍은 듯 웃었다.

"전복이라는 표현이 조금 어색하게 느껴질지도 모릅니다만. 이들의 행보는 할리우드에서 쉽사리 찾기 어려울 만큼, 매우 이례적입니다. 터너, 설명해 주시죠."

게라드의 지목에, 기자인 존 터너가 말했다.

"감독인 앤소니 옐친의 캐스팅은 유럽, 아프리카, 미국, 아시아를 가리지 않고 전방위적으로 이루어지고 있어요. 인클루드 라이더. 재희가 요구했죠."

"아하! 우리는 알고 있죠. 그 친구, 그럴 만한 배짱이 있는 친구죠."

"네, 맞아요. LA 전역에 걸쳐져 있는 영화사, 제작사, 엔터테인먼트에 이들이 만드는 영화, '쓰나미 인 캘리포니아'의 시놉시스와 도재희의 이름이 전해졌어요. 처음에는 다들 비슷한 반응이었죠."

'주연이 누구라고?'

'도재희? 그 한국인?'

'우리 배우가, 한국인보다 비중이 낮다고? 꺼져 버려.'

존 터너의 열정적인 연기에 방청객들이 웃음을 터뜨렸지만, 존 터너는 진지한 얼굴로 벤자민 찰리를 가리켰다.

"그런데 결과를 보세요."

"네. 제가 참여하기로 했습니다."

벤자민의 말에 게라드가 주먹을 불끈 쥐었다.

"뭐라고요? 주가가 치솟을 대로 치솟은 벤자민이 주연이 아니라고요? 고지식한 할리우드 제작사들이 가만히 있지는 않았을 것 같은데요. 이유가 뭔가요?"

"맞아요. 처음에는 부정적이었죠. 그런데 결국, 참여할 수밖에 없는 영화였죠. 손에 땀을 쥘 만큼 재미있는 스크립트, 처음에는 갸우뚱했지만, 금세 탄성으로 바뀌었던 배우 캐스팅. 두 박자 모두가 완벽했어요."

그 말에 게라드가 흥분한 듯 소리쳤다.

"여기 있는 배우는 우리에게 충격을 안겨주었던 그 영화. '디트로이트 피플'에서 잔혹한 킬러로 우리에게 깊은 인상을 남긴 배우 벤자민 찰리입니다. 그런데 벤자민. 지금 그 말은, 재희가 당신이 한 수 접을 수밖에 없었던 배우라는 건가요? 제가 이렇게 이해해도 좋습니까?"

벤자민 찰리가 말했다.

"맞아요. 그가 출연하는 작품을 보세요. 그냥 배역 그 자체라고요."

그는, 기대감에 잔뜩 부푼 얼굴로 자신을 바라보고 있는 쓰리 카메라를 똑바로 응시했다.

"재희, 보고 있어요? 나는 당신과 연기할 그 순간이 너무 기대됩니다."

나는 내 이야기가 〈게라드 쇼〉에 방영될 것이라는 이야기를 접하고 TV 앞에 앉아 있었다. 그리고 나를 향해 뜬금없이 말을 거는 벤자민 찰리에 흠칫 놀라며 눈을 끔뻑였다.

이는, 재익이 형 역시 마찬가지였던 모양이다.

"게라드 저 사람. 정말 제대로 띄워주는구나."

"……그러게요."

그래. 벤자민 찰리와 나는 일면식도 없다.

그런데 방송을 통해 이렇게까지 노골적으로 나를 밀어준다는 것은, 게라드 윌리엄 주니어의 입김이 들어가지 않았겠는

가. 물론, 앤소니 옐친 감독의 입김일 수도 있고 19세기 무비베어의 입김일 수도 있다.

-정말 기대가 됩니다! 이번 일을 계기로, 할리우드에 신선한 새바람이 계속 불었으면 하는 바람입니다.

"……"

어쨌든 방송에서 조금 호들갑을 떨고 있지만, 아주 없는 이야기를 지어내는 것은 아니다.

오스카가 시작되기 직전. 할리우드 최대어는 내 이름과 〈쓰나미 인 캘리포니아〉였다. 앤소니 옐친 감독이 어떻게 말을 하고 다니는지는 몰라도, 이번 영화에 참여하고 싶어 하는 배우들이 줄을 이었다.

이는 비단, 유색인종 배우들만이 아니었다. 요즘 가장 뜨거운 무비스타 중 한 사람인 벤자민 찰리까지 영입된 것.

'거봐요! 내가 뭐랬어요!'

앤소니 옐친 감독은 행복한 비명을 지르고 있을 것이다.

그때, 휴대전화가 울렸다.

발신자는.

"빌이네."

내 에이전시 UAA. 아마 방송을 잘 봤냐는 둥, 비슷한 이야기를 하지 않을까.

재익이 형이 서툰 영어를 바탕으로 에이전시와 통화를 시작했고, 나는 TV로 시선을 고정시켰다.

하지만, 오래가지 못했다.

"에에에엑?"

재익이 형이 뒤에서 기겁을 하기 시작했다.

형은 적잖이 당황한 얼굴이었지만, 당황과 동시에 묘한 기대감을 함께 품고 있었다.

"무슨 일 있어요?"

내 질문과 동시에 재익이 형이 통화를 끊었다.

그리고 내게 말했다.

"자, 잠시만."

그러고는 영미 씨를 불렀다.

"영미 씨! 재희 아카데미 때 입고 갈 의상, 어떻게 됐어?"

"그거, 지금 맞춤 제단 중인데⋯⋯. 왜요?"

"색상은?"

"레드 와인이요. 오빠는 레드가 잘 받거든요. 저번에 같이 가서 맞췄으면서."

재익이 형은 난처한 얼굴로 말했다.

"알지, 알지. 나도 아는데⋯⋯ 그거, 말해서 당장 블랙으로 바꿔야겠어."

"네? 갑자기 왜요? 바꾸란다고 당장 바꿀 수 있는 것이 아닌데…… 이유가 뭔데요?"

재익이 형이 말했다.

"오스카에서 외국어영화상 '시상자'로 지목됐어."

"……네?"

시상자. 영화 〈7년의 기억〉은 전례가 없는 미국 홍행으로 올해 아카데미 시상식 외국어영화상 후보에 올랐다.

하지만, 후보와 시상자는 결국 별개.

"시상자는 블랙 슈트를 입어야 해. 영미 씨, 준비해 줘."

"아! 갑자기!"

"……."

시상자라니. 이렇게 갑자기?

원래 기존에 '외국어영화상'을 시상하기로 했던 남자 배우가 있었는데, 개인 사정으로 인해 참석이 불가능하게 되었고 황급히 대체자를 물색하던 중, 최근 할리우드를 시끌시끌하게 한 외국인 배우인 내가 시상자로 물망에 오른 것이다.

그래. 여기까지는 이해했다.

원래, 급하게 시드가 돌아가는 일도 비일비재하고, 시상자는 APSA(아시아 태평양 스크린 어워즈)를 통해 경험해 본 바도 있다.

아무런 문제는 안 된다. 오히려 그 영광스러운 무대에 단독으로 설 수 있다는 점은 내게 플러스다.

하지만 주목할 점은, '외국인 영화상' 후보 작품인 〈7년의 기억〉의 주연배우인 내가 시상자로 뽑혔다는 것이다.

"박진우 감독님, 상 받으시는 거 아냐?"

"……음."

"맞네! 기왕이면 너한테 받는 게 더 기분 좋으니까 아카데미 측에서 배려한 것이 아닐까."

시상자가 수상까지 한다.

말처럼 쉬운 일은 아니지만 본인 이름을 부르며 경악하는 배우, 그러한 전례가 없었던 것은 아니다.

"……설레발은 금물이라고요."

하지만 나는 기대감을 최대한으로 숨겼다.

올해는, 수상보다는 '경험'이 목적이다.

아카데미 시상식, 미국 최대의 영화상. 이름만으로 떨리는 오스카를 품에 안을 수 있는 곳.

철저하게 초대받은 자들을 위한 축제.

3월 6일. 아카데미 시상식이 열리는 날 아침이 되었다.

"오빠! 옷 입을게요!"

영미 씨는 요 며칠 사이 직접 발로 뛰어다니며 시상용 블랙 슈트를 준비하는 데 성공했다. 야심 차게 준비하던 레드 와인 슈트가 물 건너간 영미 씨는, 자존심에 상처를 입은 듯 보였고.

"보우 타이는 너무 촌스럽다고요."

"깔끔하니 보기 좋은데, 왜."

"안 돼요. 보우 타이는 절대 금지!"

아침 댓바람부터 재익이 형과 함께 슈트와 함께 착용할 넥타이에 대해 토론을 벌였다.

"우리 오빠가 제일 돋보여야 하는데, 나비넥타이는 아저씨 같잖아요 이건 스타일리스트의 마지막 자존심이라고요!"

"……알았어, 알았다고."

승자는 언제나 그렇듯 영미 씨였다.

전날 밤, 설강식 선배님과 박진우 연출이 미국에 LA에 도착했다. 지금쯤, 그쪽도 의상 입으랴 레드카펫 준비하랴 정신이 하나도 없을 것이다.

나는 부푼 가슴을 진정시켰다.

시상식은 저녁 일곱 시에 시작하지만, 레드카펫 쇼가 예정되어 있기에 넉넉하게 오후 두 시에는 도착해야 한다.

아카데미 시상식이 열리는 LA 돌비 극장으로 가는 길.

에이전시에서 준비한 고급 리무진안에서, 재익이 형도 말끔한 슈트를 차려입었다.

형은 자신의 취향대로 보우 타이를 깔끔하게 매고 있었고, 목에 매인 보우 타이를 정리하며 긴장된 목소리로 말했다.

"오스카라니. 십 년을 매니저 하면서 여길 와 볼 일이 한 번이라도 있을까 싶었는데……. 네 덕분에 와보는구나."

나는 가볍게 웃으며 시선을 정면으로 던졌다.

저 멀리. LA 돌비 극장이 눈에 들어오기 시작했다.

극장 인근에서 박진우 연출과 설강식 선배님과 만났다.

가벼운 인사 이후, 레드카펫 행렬을 기다리며 차에서 대기했는데 설강식 선배님도 기대감을 감추지 못했다.

"아카데미는 나도 처음이야."

칸, 베니스, 영국 아카데미에서 수상한 경력은 있지만, 설강식 선배 역시 아카데미 후보 자체는 처음이다.

날고 기는 대한민국 최고의 연기파 배우도 처음 서보는 무대.

이는 당연히 박진우 연출도 마찬가지다.

"이건, 처음 단편 영화를 만들면서 가졌던 꿈이었어요."

TV에서만 보던 박진우 연출의 꿈.

한국을 대표해 할리우드로 날아온 그의 열정.

오늘, 이루어졌다.

"청심환이라도 먹어야겠어요."

"많이 긴장하셨어요?"

"조금. 저 도 배우님. 외국어영화상 부문, 직접 시상하신다고 하셨죠?"

"네."

박진우 연출이 눈을 질끈 감았다.

"부탁드릴게요. 제 작품이 아니라도 좋으니까 그냥 시원하게 질러주세요. 심장이 터질 것 같아요."

나는 웃음을 터뜨리며 그러겠노라 답했다.

"스탠바이!"

리무진 창문을 두드리는 아카데미 크루의 사인에 우리는 차량에서 내려 옷매무새를 다듬었다.

"가시죠."

우리는 부푼 가슴을 안고 LA 돌비 극장으로 들어섰다.

아카데미 시상식의 꽃은, 황금빛 피부를 가진 올누드 오스카 씨를 품에 안는 시상식이지만 본 게임 시작 전, 이를 더욱 빛내주는 첨병이 존재한다.

바로, 레드카펫 쇼.

오스카에 참여하는 배우 및 영화인들이 줄지어 입장하고, 기자들의 플래시가 쏟아지고, 레드카펫 한켠에서는 라이브 TV 리포터들의 깨알 같은 현장중계가 이어진다.

감독상, 남우주연상, 여우주연상에 노미네이트 된 배우들의 등장이 뒤에 잡혀 있고, 우리는 메인 메뉴가 도착하기 전에 분위기를 띄우는 에피타이저 역할일지도 모르지만.

'외국어영화상' 부문 후보 작품의 배우이자, 시상자. 그리고 최근 '게라드 쇼'에서도 주목한 나에 대한 스포트라이트는 대단했다.

"와아!"

생각지도 못한 큰 호응에 얼떨떨한 기분마저 든다.

그렇게 레드카펫을 걷는 도중.

"이봐요! 재희!"

오스카 쇼의 진행자 한 명이 나를 불러세워 말을 걸었다.

"저는 지기엘카 쇼의 진행자 마틴 지키엘카입니다."

오스카를 대표하는 대표적인 라이브 방송 중 하나인 지키엘카 쇼. 이 쇼의 진행자인 마틴 지기엘카가 나를 보며 흥분을 감추지 못했다.

"여기 이분은, 게라드 윌리엄 주니어의 사랑을 한 몸에 받는 동양인 배우죠. 데드 매니악의 재희를 모르면 문제 있다고요. 일단, 이거 한 잔 받아요."

그러고는 내게 플라스틱 컵에 따른 투명한 술 한 잔을 내밀었다.

"데킬라 한 잔 받아요. 치얼스! 쇼를 즐기자고요."

나는 지기엘카와 건배를 하고 잔을 입에 털어 넣었다.

"어우! 이거 너무 독해요."

"끄하하!"

독한 술을 마시면 자연스럽게 따라오는 과장된 리액션.

지기엘카는 내 표정에 잔뜩 기뻐했고, 아카데미 첫 방문에 기분이 어떠냐는 간단한 질문 뒤에 끝났다. 지키엘카는 내 배 턴을 이어받은 어느 여배우와도 데킬라를 나누어 마셨다.

아마, 지기엘카는 레드카펫 쇼가 끝나면 시상식을 제대로 관전하지 못할 게 분명하다. 레드카펫을 밟는 조금 유명하다 싶은 배우라면 죄다 잡고 술잔을 나누고 있으니까.

도대체 몇 잔을 마시는 거야? 어쨌든 고맙다.

독한 술 한 잔을 넘기고 나니 오히려 가슴 한구석에 자리 잡 고 있던 긴장감이 알싸하게 풀어지며, 굳어 있던 안면 근육이 부드러워졌다.

"재희! 여기 좀 봐줘요!"

나는 레드카펫을 지나 미국의 중심에서 손을 흔들었다.

미국에서만 3천만 명이 넘게 시청하는 메가 라이브 쇼.

쇼는 이제부터 시작이다.

국내에도 다양하고 권위 있는 영화상들이 많지만, 아카데미 의 스케일에 가장 놀랐던 점은 시상이 진행되는 총 14개의 부문마다, 프레싱 존이 구역별로 나누어 있다는 것이었다. 그리고 또 하나는, 남우주연상이나 여우주연상 후보들을 위한 공간도 따로 있다는 점이다.

이 넓은 공간에 가득 들어선 배우들은, 저마다 깔끔한 슈트와 드레스를 입은 채로 우아하게 와인 잔을 들고 파티를 즐기고 있고 이들을 취재하기 위해 나온 리포터들이 하이에나처럼 먹잇감을 노리며 요리조리 움직이고 있다.

나 역시, 이런 하이에나들의 시선에서 자유롭지 못했다.

"이럴 수가! 여기를 봐요! 한국이 낳은 스타! 재희입니다!"

"안녕하세요."

"재희로 말할 것 같으면, 두 작품으로 오스카를 찾았습니다. 폴 안토니 감독의 '아다지오'와 한국의 '7년의 기억'이죠. 오늘은 한국 영화 7년의 기억으로 '외국어영화상' 후보에 올랐어요. 거기다, 본인 작품을 본인이 직접 시상하게 될 텐데. 어떠세요?"

"떨리네요. 아주 많이요. 하지만 즐기고 있어요. 오늘은 제게, 잊지 못할 하루입니다."

"당신은 할리우드에 입성한 지 불과 1년여 만에 동양인을 대표하는 차세대 할리우드 스타가 되었고, 이제는 세계가 주목하는 스타가 되어가고 있어요. 기분이 어떤가요?"

"가끔은 무거운 중압감을 느끼고는 하지만, 더할 나위 없는

환상적인 순간이기도 하지요. 얼떨떨합니다. 신경 쓰이지 않는
다면 거짓말이지만, 지금은 차분하게 차기작 생각만 하려 하
고 있어요. 아주 재미있을 것 같습니다."

이 오스카 독점 인터뷰가 라이브로 중계되는 아찔한 상황
속에서, 나는 최대한 말을 골라냈다.

실수한 것은 없는 것 같은데.

다행히 인터뷰는 길지 않았다.

"재희, 당신의 수상을 진심으로 응원할게요."

"고마워요. 마이클."

독점 인터뷰를 진행하던 진행자 마이클이 다른 배우들을
찾아 나섰다. 그제야 옆에 있던 박진우 연출과 설강식 선배가
내 곁으로 다가왔다.

설강식 선배님은 진심으로 감탄한 듯 보였다.

"정말, 인지도가 하루가 다르게 커가는구나."

될성부른 작품만 골라낸, 선택과 집중의 결과랄까.

하지만 나는 겸손하게 웃어 보였다.

"아닙니다. 선배님."

하지만 알고 있다. 아카데미가 진행되는 이곳, 돌비 극장에
들어서는 순간 내게 쏟아진 시선들. 비단, 선택받은 기자들과
나를 취재하기 위한 리포터들의 시선만을 말하는 것은 아니다.

수많은 영화 제작자들과 감독, 작가, 촬영감독, 배급 투자자

들. 또 할리우드의 배우들이 내게 보내는 복잡한 시선.

확실히 설강식 선배님의 말씀처럼 할리우드에서의 생활은 하루하루가 달라지고 있다.

"어쩐지 느낌이 싸한데."

"……."

설강식 선배님까지 피부로 느낄 만큼 간혹 노골적이다.

"오, 당신이 요즘 유명한 그 재희군요."

입은 웃고 있지만. 아주 진하고 노골적으로 경계를 드러내는 배우들도 있고.

"저 친구가 그 한국인이야?"

"게라드 쇼에서 입방정을 떤 동양인이군."

먼발치에서 자기들끼리 나를 지켜보며 수군거리는 자들도 존재한다.

하지만 나는 입꼬리를 올린 채 포커페이스를 유지했다.

카메라가 많다. 언제 어디서 찍힐지 모르는 사진 한 장에 이미지가 달라지는 곳이 이곳 아니던가.

이렇게 적들이 많지만, 다행히 내 편들도 많이 있다.

APSA에서 나를 지지해 주었던 동양인 배우들이나.

"재희, 언제 왔어?"

"오, 조셉!"

"어서 와. 아카데미는 처음이지?"

매년 아카데미를 찾는 단골 배우인 조셉 이든 캣맨이나 벤자민 찰리.

"재희, 여기서 처음 뵙네요."

"아, 벤자민. 게라드 쇼, 잘 봤어요."

"뭘요. 사실을 말했을 뿐인데. 정말로 당신과 함께 카메라 앞에 설 날이 기대됩니다."

벤자민 찰리는 영화 〈디트로이트 피플〉로 남우주연상 후보에 오른 톱스타 레오파드 비트리오와 한솥밥을 먹었다. 아마도 그는, 나와 레오파드 비트리오를 정확하게 비교해 볼 수 있을 것이다. 철저하게 내 편으로 만들어야 한다.

이들뿐만이 아니다.

〈아다지오〉의 폴 안토니 감독을 포함하여, 오웬 감독들까지 나를 찾아와주니 어느새 '외국어영화상' 프레싱 존의 주인공은 나였다.

거기다, 내 인지도를 전미 중심으로 쏘아준 게라드 윌리엄 주니어까지.

"게라드! 여기서 만나네요."

"어쩐지 '외국어영화상' 프레싱 존에 오면 자네를 만날 수 있을 것 같았는데. 역시."

그는 나를 진심으로 반겨주었고, '조언'도 아끼지 않았다.

"조심하라고. 재희. 이곳은 '검독수리 새끼들의 경연장'이니까."

검독수리 새끼는 형제들을 죽이고 살아남은 강한 새끼만이 어미의 먹이를 받아먹는다. 그리고 창공의 절대자로 자라나 늑대 같은 맹수마저 사냥해 낸다.

이 검독수리들이 겉으로는 웃으며 '경연장'이라는 분위기에 걸맞게 멋지게 털갈이를 마치고 선한 듯 연기하는 곳.

"요즘 들려오는 소식이 하나 있는데, 들어볼 텐가?"

"네."

"자네에게 호의적인 하이마운트나, 19세기 무비베어를 제외한 몇몇 영화사들은 '백인우월주의'가 뿌리 깊게 박혀 있지. 그들이 자네를 배척한다는 소문도 들고 있다고."

내 인지도가 솟아오를수록, 경계하는 자들은 많아진다.

한국에서도 숱하게 느껴보았던 감정들이다.

어딜 가나 똑같구나.

이곳은 오히려, 더하면 더했지 절대 덜하지는 않을 것이다. 우습게도 미국의 국조도 흰머리 독수리다.

"고맙습니다. 제라드."

게라드가 웃으며 말했다.

"아냐. 내 정보는 죄다 찌라시니, 너무 신경 쓰지는 말고 걸러 들으라고. 하하! 우선, 파티를 즐기라고!"

내 적들과 내 편. 이 모든 사람들이 '우리는 하나!'라고 외치며 공통의 축제를 즐기고 있는 듯 보이지만 그 실상은 보이지 않는 철저한 경계선이 쳐져 있는 아카데미 시상식.

나는 심호흡을 하며 시간을 확인했다.

오후 6시. 슬슬, 시상식을 준비할 시간이다.

34×18m의 미국에서 가장 거대한 무대 중 하나.

애초에, 아카데미 시상식을 염두에 두고 지은 극장.

총 수용인원 3,400명의 이 거대한 영화인의 전당에 오스카를 위해 참석한 영화인들이 빼곡하게 착석한 뒤, 본 게임인 시상식이 시작되었다.

총 14개의 섹션 중에서 비교적 관심이 덜한 섹션부터 진행된 시상식. 장, 단편 애니메이션 부문, 단편 영화 작품상에 이어 '외국어영화상' 시상을 위해 무대 옆에서 대기 했다.

'외국어영화상'은 아카데미에서 분명 '메인디쉬'는 아니지만 그 값어치는 이루 말할 수가 없다.

객석 전면에 앉아 자신의 이름이 불리기를 기다리고 있을 박진우 연출의 모습을 상상하니, 절로 미소가 지어졌다.

아마 지금쯤 열심히 청심환을 씹고 있겠지.

사이드에서 대기하자, 아카데미 크루가 내게 대본과 함께 종이봉투 하나를 건네주었다.

이 봉투 안에, '외국어영화상'의 주인 이름이 적혀 있다.

"시상에는, 배우 재희와 카넬 리슨이 도와주시겠습니다."

"지금, 출발하세요!"

시상식 사회자의 안내 방송과 함께 아카데미 크루의 사인에 나와 함께 진행을 맡은 흑인 여배우 카넬 리슨이 함께 무대 전면으로 걸어나갔다. 발걸음에는 자연스럽게 힘이 실렸고. 종이봉투를 쥔 손에는 힘이 들어갔다.

그 사이, 간략하게 내 프로필 소개가 끝나고 이제는 내가 입을 열 차례다.

"안녕하세요. '외국어영화상' 부문 시상을 맡은 도재희."

"카넬 리슨입니다."

나는 무대 후면의 거대한 스크린을 향해 말했다.

"먼저, 쟁쟁한 후보 다섯 작품을, 만나보겠습니다."

스크린에 내 얼굴이 나왔다.

영화 〈7년의 기억〉.

나는, 내 얼굴을 무기로 적들과 내 편 앞에 섰다.

영화 〈7년의 기억〉은 내게 있어 일종의 효자손이다.

가려웠던 곳을 벅벅 긁어주는 시원함이 있고, 이제껏 내가 연기했던 캐릭터들과 비교하여 최소 한 단계씩 이상을 보여주는 강렬한 캐릭터다.

부수고, 터지고, 달리고, 넘어지고……. 피와 눈물이 낭자하지만, 그 사이에는 낭만이 있다.

가족을 그리워하는 남자의 사무치는 복수극, 몰입도 높고 강렬한 캐릭터에 열광하는 미국인들에게 소위 말하는 '먹히는' 영화.

30초 내외의 짧은 하이라이트 영상이 지나갔다.

이 영상이 지나갈 때, 아카데미 시상식장 안에 파다하게 퍼진 긴장감이 나는 좋다. 모두가 숨도 쉬지 못하고 몰두한 이 30초가 뿌듯해 견딜 수가 없었다.

다음에 소개된 영화는 비교적 담담하게 회사원의 삶을 그려낸, 이란 영화 〈커리어 맨〉.

하지만 〈커리어 맨〉은 내 눈에 들어오지 않았다.

나를 채우는 묘한 기대감 때문이다.

3분 뒤 공개될 '외국어영화상'의 두꺼운 벽을 〈7년의 기억〉이 넘어설 수 있을까?

기대감, 호기심. 이 두근거림의 끝에 나와 함께 시상자로 선 여배우 카넬 리슨이 내게 말했다.

"다섯 작품을 모두 만나보았습니다. 재희, 이를 지켜보는 감정이 특별할 것 같은데. 어떻게 보셨나요?"

특별하지.

나는 여유 있게 웃으며 말했다.

"어떤 작품이 받아도 부족함이 없는 영화들이었습니다."

"맞아요. 어떠신가요? 너 긴장되시나요?"

"말할 것도 없죠."

객석에서 웃음이 터져 나왔다.

후보이자 시상자인 내가 무대에 서 있는 마음을 이들이 공감하는 것일까.

아무렴.

"그럼, 수상작을 만나보도록 하죠."

사회자의 진행에 내가 손에 들려 있는 봉투를 들었다.

그리고 아주 천천히 봉투에 감겨 있는 끈을 풀어 금장이 붙여져 있는 흰색의 두꺼운 종이를 집어 들었다.

이 장면이 매우 느린 화면으로 재생되는 듯한 느낌마저 받았다.

억겁의 시간처럼 느껴지던 찰나의 시간도 잠시. 나는 뽑아든 종이에 쓰여 있는 글귀를 보고는 입을 꾹 다물었다.

"……."

<커리어 맨>

오스카의 선택은 이란에서 온 70대의 노장이었다.

내가 아니다. 박진우 연출도 설강식 선배도 아니다.

"······축하합니다."

묘하게 퍼져 나가던 뜨거운 긴장감이 삽시간에 차갑게 식었지만, 티를 낼 수는 없다.

이는 생방송이고, 전 세계 영화팬들이 지켜보고 있으니까.

정신이 혼미해질 만큼 아찔한 순간이지만.

나는 오히려 더욱더 환하게 웃었다.

그리고 박진우 연출이 내게 했던 부탁처럼, 마이크를 움켜쥐고 끌지 않고 시원하게 내질렀다.

"커리어 맨!"

펑! 퍼버벙!

팡파레가 터지고 꽃가루가 휘날렸다.

카메라맨들이 빠르게 움직여 이란에서 날아온 70세 노장을 비추었다. 그러자 스크린에 있던 〈7년의 기억〉 포스터는 사라지고 〈커리어 맨〉이 풀 와이드 화면으로 들어찼다.

객석에서 벌떡 일어나 입을 쩍 벌린 채 앞으로 걸어 나오는 이란 감독. 자리에서 일어나, 마치 자기 일처럼 환호해 주는 할리우드 배우들.

모든 장면이 아주 찰나의 시간처럼 흘러 지나갔다.

각인되듯 아주 천천히 뇌리에 박힌다.

나는 이 짧은 시간 동안 박진우 연출과 눈이 마주쳤다.

꽤 먼 거리라 잘 보이지는 않았지만, 분명 나를 보고 있는 것 같았다.

그는 활짝 웃고 있었다. 마치, 자신이 아니라 다행이라는 듯 안도하는 표정으로 후련하게 박수를 치고 있었다.

다행이다.

그 모습을 보자 내 마음이 편해졌다.

"홀라!"

이란 감독이 계단을 올라 무대 전면에 있는 내게 인사했고, 나는 그의 손을 꽉 잡아주었다.

"축하드립니다."

승자에게는 축하를.

"고마워요."

그리고 패자에게는.

내가 손가락을 튕기며 박진우 연출에게 손을 뻗었다.

한잔하면 그만이다.

시상이 끝나고, 나는 원래 내 자리로 돌아왔다.

박진우 연출이 웃으며 말했다.

"아마 제 작품 이름이 불렸으면, 심장이 멎었을지도 몰라요. 차라리 다행이죠."

설강식 선배나, 박진우 연출의 얼굴에는 그 어떤 일말의 씁쓸함도 찾아보기 힘들었다.

"이 자리에 있는 것만도 대단한 일이잖아요."

"그럼! 충분히 자랑할 만한 일이지. 껄껄!"

"……."

그래. 이들 말처럼, 애초에 수상은 기대하지 않았다.

……처음까지는.

한국에서 매년 수상을 휩쓸고 다녔던 내 이력.

터지는 미국에서의 내 포텐.

'외국어영화상' 시상자라는 타이틀이 내 속에 숨어 있던 기대감에 불을 지폈고, 점점 그 불이 번져 나갔다.

그랬기에 잠시 쓸쓸했는지도 모르겠다.

하지만 박진우 연출의 말마따나.

"다음에 잘하면 되죠."

다행일지도 모른다.

"지금 제일 생각나는 게 뭔지 아세요?"

"뭡니까?"

"소주 한잔하고 모니터 앞에 앉고 싶어요. 뭐든 쓰고 싶고, 뭐든 그리고 싶어요."

술, 그리고 일. 박진우 연출은 오늘 일을 심기일전하여 다음을 노리겠다는 각오를 보였다.

"덕분에 자극을 많이 받고 갑니다."

"……."

제대로 말했다. 나 역시, 지금 그런 기분을 느끼니까.

당장 품에 안지 못한 오스카 씨를 제외하고도, 이곳. 게라드 윌리엄 주니어가 경고한 '검독수리 새끼들의 경연장'은 온통 자극제로 가득하다. 고개만 돌리면 어려서부터 보았던 미국 영화 주연배우들이 앉아 있고. 한 회차당 100만 달러 개런티를 받는 배우들이 즐비하다.

이들에 비한다면, 나는 아직 멀었고, 그 누구도 나를 경쟁자로 여기지 않고 있다. 내가 저 무대에 설 기회는 올해 끝나 버렸지만, 우리는 아직 젊고, 할리우드에 입성한 지 이제 고작 1년이다.

지금 내게 가장 자극이 되는 사람은.

"여우주연상을 발표하겠습니다."

남우주연상과 여우주연상 시상자들.

오스카는 전통적으로 전년도 '남우주연상', '여우주연상' 수상자들이 직접 시상을 한다. 자신의 뒤를 밟는 후배들을 진심으로 축하해 주는 전통. 그렇기에 진정으로 넘어서야 하는 사람들은, 저기 무대 위에 서 있는 사람들이다.

미국의 설강식, 미국의 조승희.

나는 이들을 바라보며 조용히 웃었다.

드디어 아카데미의 하이라이트가 시작되었다.

"다음은, 남우주연상을 발표하겠습니다. 시상에는 전년도 수상자이신……."

올해 아카데미 시상식의 최대 백미, 남우주연상.

오스카는 누구? Who is the owner of Oscar?

11년 동안 매년, 남우주연상에 노미네이트 되었지만 단 한 번을 수상하지 못한 레오파드 비트리오.

그가 드디어 올해 수상을 할 것인가?

다수의 평론가들이 레오파드 비트리오의 수상을 점쳤다.

나는 아랫입술을 윗니로 살짝 깨문 채, 조용히 오스카의 대미를 즐겼다.

하지만 역시, 이야기는 반전이 있어야 재미있는 법.

5분 후. 우리는 충격에 빠지고 말았다.

"남우주연상! 영화 '블루 오션스'의 지미 니콜라이!"

남우주연상을 수상한 배우는, 〈디트로이트 피플〉의 레오파드 비트리오가 아니었다. 연기 경력 35년, 오스카 2회 수상에 빛나는 노배우 지미 니콜라이였다.

스크린에는 당혹스러운 레오파드 비트리오의 얼굴이 아주 짧게 지나갔고 지미 니콜라이가 영화인들의 박수를 받으며 황금빛 오스카를 높이 들어 올렸다.

나는 반전에 반전을 거듭하는 아카데미의 결과에 경악하면서도, 흥분감을 감추지 못했다.

오스카의 새로운 주인이 탄생했고 '검독수리 새끼들의 경연장'에 새로운 두목이 탄생했다.

나는 자리에서 벌떡 일어나 박수를 쳤다.

지미 니콜라이는 오스카를 들어 올린 상태로 말했다.

"감사합니다!"

……부럽다. 직접 눈으로 보니, 더 굉장하다.

이건 단순한 '상'이 아니라, 그 이상의 의미를 가진다.

전 세계 배우들의 왕, 왕이 바뀌었고!

전 세계 사람들이 이 즉위식을 지켜보고 있다.

시야가 흐릿하게 변했다. 저 자리에서 오스카를 손에 꽉 쥐고 무대 위에 서 있는 나를 떠올렸다.

그리고.

속으로 1년 뒤를 곱씹었다.

……가능할까? 이것저것 재지 말자. 가능성만 생각하자.

단지, 지금은.

"지미 니콜라이!"

승자에게 박수를!

'1년 뒤'라는 숫자를 떠올리는 배우는 도재희뿐만이 아니었다. 모두가 새로운 할리우드의 왕을 축하해 주는 자리에서, 무표정한 얼굴로 분노와 아쉬움을 삼키는 배우.

"레오파드, 괜찮아. 내년이 있잖아?"

"……시끄러워."

오스카를 한 번도 품에 안지 못한 할리우드 톱스타 레오파드 비트리오는, 또다시 1년 뒤를 기약해야 했다.

31세에 처음 후보에 들었고.

'벌써 12년.'

내년에는 반드시……. 올해에는 반드시…….

이것만 벌써 몇 년인가.

물론, 단순히 오스카를 품에 안지 못했다고 그의 배우 생활에 문제가 생기는 것은 아니다.

오스카를 들었든, 들지 못했든. 그는, 레오파드 비트리오였으니까. 할리우드에서 가장 영향력 있는 배우 중 한 사람이니까.

하지만, 대중들에게 당당해질 수 있는 명분이 필요한 것은 틀림없다.

'오스카의 저주'를 받았다는 둥, 죽기 전까지 오스카와는 절대 인연이 없을 것이라는 둥. 악담을 듣고 있자면, 머리가 지끈지끈 아파 왔다.

그래.

'콤플렉스.'

이렇게 표현하는 것이 옳으리라.

아마, 이 '짐'은 평생 따라다닐 것이다.

오스카 남우주연상. 배우 생활을 하는 동안에는 어떻게든 들어 올려야 하는 상임은 틀림없다.

'반드시, 내년에는……'

레오파드 비트리오는 올해도 다시 한번 입술을 꽉 깨물었다.

아카데미의 마지막, 작품상은 〈디트로이트 피플〉이 받았다. 레오파드 비트리오는 남우주연상의 주인이 되지는 못했지만, 작품상을 받게 되면서 자존심을 챙겼다.

그리고 이 모습을 보며 자극을 받는 사람.

박진우. 그는 도재희와 같은 자리에서, 같은 광경을 보며 똑같은 자극을 받고 있었다.

'오스카라.'

꿈이라 생각했다. 하지만, 의외로 가까운 곳에 있었다.

도재희 효과일까.

그와 함께한 영화는 무조건 대박을 친다.

작품 상을 수상하는 〈디트로이트 피플〉의 감독을 바라보며 박진우는 상념에 잠겼다.

'어떻게 할까.'

미국에서 성공한 〈7년의 기억〉은 많은 변화를 불러왔다.

도재희가 연출했던 〈당신의 추억을 삽니다〉의 제작을 맡으며 고사했던 하이마운트의 할리우드 데뷔 기회는.

"미스터 박. 이번 작품은 저희와 함께하시죠."

"하이마운트는 박 감독과 언제나 함께하고 싶습니다."

오늘 아카데미에서 받은 수많은 영화사의 '러브콜'로 모두 보상을 받았다.

할리우드에서 영화를 만들 수 있다. 데뷔할 수 있다.

'외국어영화상'이 아니라, 미국에서 영어로 영화를 찍고, 할리우드 최정상을 넘볼 수 있다.

'할 수 있을까.'

불과 반년 저만 하더라도, 도재희가 쓴 '시나리오'에 박탈감을 느꼈던 박진우다.

하지만 이 박탈감은, 오늘에서야 투지로 바뀌었다.

'해보자.'

도재희가 쓴 시나리오보다 더 재미있는 작품을 써 보자.

그리고, 정말 제대로 한 번 찍어보자.

후회 없이 도전해 보자는 욕심, 자신감, 의욕. 자신에게 꺼내든 분발이라는 이름의 채찍, 속으로 거세게 자신을 채찍질하며 입꼬리를 올렸다.

무엇이든 쓸 수 있을 것 같은 자신감이 생겼다.

'하지만 그전에.'

오늘은 일단, 술 한잔을 해야겠다.

도재희, 박진우, 레오파드 비트리오. 모두가 똑같은 아카데미 무대를 바라보며, 똑같은 꿈을 꾸었다.

내년에는 반드시, 오스카를 들어 올리겠다는 욕심.

LA 돌비 극장에서 열린 아카데미 시상식의 밤이 저물어갔다.

아카데미의 열기가 채 가시지 않은 밤.

우리는 갑갑한 슈트를 벗어던지고 웨스트 할리우드에서 가장 유명한 'West Grace'라는 와인 바로 들어섰다.

"할리우드 중심에서 재희 목소리를 듣다니. 신기하네."

와인 바 안에는 재미있게도 얼마 전, 음원으로 공개된 영화 〈아다지오〉 OST 중 'Alone House'가 울려 나오고 있었다.

아무도 없는 집. empty house with no one.

혼자 집에 앉아. Sit alone at home.

씹는 싸구려 비스킷. Chew cheap biscuits.

잔잔한 노래가 울려 퍼지는 고급스러운 와인 바. 종업원에게 자리를 안내받고 테이블에 앉자 박진우 연출이 장난스럽게 투정을 부렸다.

"와인도 좋지만, 소주가 없는 게 아쉽네요."

"오늘 같은 날에는 와인이 좋지 않을까요."

"왜요?"

왜 흔히 있는 이야기 있지 않은가.

"소주는 과거를 나눌 때 마시는 술이고, 맥주는 현재를 즐기는 술이고. 와인은 뭐랄까, 미래를 위한 술이랄까요."

하지만 설강식 선배는 처음 들었다는 듯 반응했다.

"오, 그럴듯한데."

"그렇죠?"

그때, 곁에 있던 영미 씨가 가방에서 주섬주섬 무언가를 꺼내 들었다.

"그래도 잠시지만 곁에 있었던 오스카상을 위해서라도 소주 한 잔이 빠질 수는 없죠."

소주였다.

"응? 그게 왜 거기서 나와?"

재익이 형의 물음에 영미 씨가 후후, 하고 웃었다.

"외국 생활 오래 한 스타일리스트의 준비성을 뭘로 보시고. 재희 오빠가 박 감독님 만나는 날은 뭐? 술 마시는 날!"

"음, 외국 생활 오래 한 주정뱅이의 준비성이 아닐까."

"뭐라고요?"

"하하! 어쨌든 잘했어, 영미 씨!"

"근데 이거 여기서 마셔도 되는 거야?"

"잠시만요."

결국, 재익이 형이 종업원을 부르더니 와인을 주문하고 팁을 건네주었다.

"이거, 딱 한 병만 마실게요."

"죄송합니다. 외부 주류는 반입이 금지라서요."

"아……."

하지만 안 된다는 말만 반복했고, 아쉽지만 소주병을 도로 집어넣으려는데.

"어라? 재희 아닌가요?"

사장이 나를 알아보는 눈치였다.

"저를 아시나요?"

"요즘 '데드 매니악' 안 보는 사람도 있나."

그는 턱 끝을 쓰다듬더니, 아주 작은 목소리로 말했다.

"오늘 같은 날 빡빡하게 굴면 할리우드 스타들 다 떠나겠지. 마셔요, 마셔!"

"고맙습니다."

소주잔은 딱히 없었기에 우리는 서비스로 받은 위스키 샷 잔에 소주를 따르고는 잔을 들어 올렸다.

"그래도 잠시지만, 향기만 풍기고 떠나간 오스카상을 위해 소주 한 잔은 해야죠."

"그럼! 당연하지!"

"떠나간 오스카를 위해!"

"위하여!"

"건배!"

시끌시끌하게 건배를 하고 소주를 목으로 넘겼다.

"크!"

"아! 역시 이 맛이야."

데킬라건, 샴페인이건, 와인이고 뭐고.

역시, 한국인은 소주가 딱! 이라니까.

자, 이건 흘러간 과거를 위해.

그리고 이젠.

대신, 빈티지 와인의 황금세대라 불리는 88, 89, 90년 그중 88년 산 샤또 디켐 1988년을 잔에 채우고는 말했다.

"저희의 미래를 위해."

저마다 욕심을 겉으로 드러내지는 않았지만, 욕심 없는 사람이 어디 있을까. 오스카 무대를 바라보는 박진우 연출의 눈빛을 잊을 수가 없다.

동상동몽. 나와 같은 꿈을 꾸었음이 틀림없다.

와인 잔에 가득한 술이 찰랑거렸고.

"이제는 꿈에 나올 것만 같은, 오스카를 위해!"

정말 꿈에 나올 정도다.

레오파드 비트리오는 도대체 11년을 어떻게 견뎠을까.

우리는 그 자리에서 와인 두 병을 더 연거푸 비워냈다.

이미 술이 잔뜩 들어갔으나, 이 자리에서 끝내기 아쉬웠던 우리는 우리 집에서 한 잔 더 마시기로 했다.

마트는 대부분을 문을 닫은 시간이었지만.

"후후"

영미 씨의 비밀창고가 열리는 순간, 우리는 소주, 양주, 맥주 가릴 것 없이 다양한 술을 볼 수 있었다.

재익이 형이 직접 만든 맥 앤 치즈를 안주 삼아 술을 마셨다. 박진우 연출은 술에 잔뜩 취했지만, 기분만큼은 좋아 보였다.

그가 이제껏 말한 적 없던 속내를 털어놓기 시작했다.

"으흐흐, 오늘 좋은 경험이었습니다. 최근에 조금 자만했던 것도 사실이에요. 찍는 영화마다 잘되었으니까……. 꺽!"

"다 감독님의 능력이죠."

"그런데, 도 배우님이 쓰셨던 그 영화…… 그 영화 작업을 하며, 자만심이 깨졌죠. 세상에는 천재가 많구나. 난 천재가 아니었구나……. 사실 최근에 기운이 많이 빠져 있었습니다."

"……."

이제껏 말한 적 없던 진심. 박진우 감독의 고충.

나는 천재가 아닌데. 내게 생긴 이 특별한 능력을 통해, 진짜 천재를 짓밟고 있었구나. 두렵고, 또 부끄럽다.

"근데, 오늘 힘이 생겼어요."

"……네?"

수상한 것도 아니고, 탈락했는데. 힘이 생겼다고?

"네. 이상하죠. 탈락했는데, 오히려 힘이 나더라고요. 그리고 오기도 생기더라고요. 다음에는 꼭 받아야겠다는…… 신인의 마음으로……."

머리를 휘청휘청하던 박진우 감독이 등에 기대고 있던 소파에 그대로 쓰러졌다.

잠든 것 같았다.

"……."

나는 그 자리에서 머리를 긁적이며 남은 술을 비워냈다.

조용히 듣고 계시던 설강식 선배님이 말씀하셨다.

"아까, 시상식장에서 네가 시상 준비하러 간 사이에, 미국 영화사 사람들이 박 감독한테 접촉 많이 했거든."

"네?"

"할리우드 감독 데뷔. 생각하는 중인 것 같더라."

"……아."

할리우드 데뷔. 박진우 연출의 미국 영화 입봉.

그랬구나.

박진우 연출이 술김에 말한 신인의 마음.

이제야 이해가 되었다.

설강식 선배님이 쓰게 웃으며 말씀하셨다.

"둘이서 서로 의지하면서 잘해 봐. 미국 시장이 한국보다 빡빡하겠지만, 오늘 직접 보고 나니까 왜 그렇게 황금색 트로피에 열광하는지 알겠더라."

"선배님은요? 욕심 안 나세요?"

"욕심? 나는 한국이 좋아. 원래 이 나이 되면 그래. 꿈은 젊은이들의 전유물이라는 말이 괜히 있는 말이 아니지."

설강식 선배의 웃음에 깃든 씁쓸함이 미묘하게 바뀌었다.

그의 얼굴은 더 이상 씁쓸한 중년의 얼굴이 아니었다.

"그런데 말이야. 나도 사실 꿈을 꾸고는 있거든. 그건, 지금이야. 아주 만족스러운 꿈. 너와 다른 점은 나는 이를 어떻게 하면 오래 꿀 수 있을지만 고민할 뿐이지. 껄껄!"

지금의 삶이 곧 꿈. 더 이상 욕심부리지 않아도 충분히 행복하다는 그의 말. 이해가 가면서도, 또 한편으로는 아리송하게 느껴진다.

배우는 세월이 흘러 점점 익을수록, 그 가치가 달라지는 법이 아닌가.

하지만 반박하지 않고, 조용히 그의 말을 경청했다.

설강식 선배님의 얼굴이 진지해졌다.

"승자의 주머니 속에는 꿈이 있고, 패자의 주머니 속에는 욕심이 있다. 탈무드에 나오는 말이지."

"……"

"재희야 꿈을 꿔. 욕심은 부리지 말고."

설강식 선배님이 내게 충고했다.

욕심을 버리고.

꿈을 꿔, 도재희.

그럼, 행복할 거야.

··· 8장 ···
할리우드 마운드

아카데미가 끝나고, 우리는 각자의 일상으로 돌아갔다.

설강식 선배님은 한국에 돌아가 차기작 준비에 매진했고.

박진우 연출은 우선 한국에 도착하자마자, 미국 생활 준비에 돌입했다.

나는 〈데드 매니악〉 시즌2 촬영에 들어갔다.

그사이, 〈쓰나미 인 캘리포니아〉의 앤소니 옐친 감독은 캐스팅 작업을 마무리 지었다.

그렇게 한 달여가 흐른, 4월. 따스한 LA의 봄.

박진우 연출이 한국 생활을 정리하고 LA에 도착했다.

내가 아주 고대하던 물건을 들고.

"여기, 소스 도착했습니다!"

〈당신의 추억을 삽니다〉의 CG를 포함한 후반 작업이 1차 마무리된 소스. 이제 필요한 것은, 편집과 배열.

이는 나 혼자 할 수 있는 작업이 아니었기에 편집팀을 꾸려야 했는데. 이건, 앤소니 옐친 감독이 소개해주었다.

"19세기 무비베어가 적극적으로 도와드리겠습니다."

대형 영화사의 스튜디오와 인력 지원.

이는, 내가 이들의 주연배우이기 때문만은 아니다.

나와의 돈독한 관계를 만들려는 것은 덤이고, 실제 목적은 〈당신의 추억을 삽니다〉을 좋게 보았기 때문이다. 이 작품의 2차 판권(리메이크) 및 해외 선 수출(미국 먼저 개봉) 같은 계약을 '19세기 무비베어'가 우선으로 확보하겠다는 계획이 깔려 있다.

물론 내 영화의 '가능성'을 보았기 때문이다.

내게도, 또 영화사 입장에도 좋은 셈.

LA의 어느 스튜디오에 꾸려진 편집팀.

내가 편집용 콘티를 알려주면 그사이에, 〈데드 매니악〉 촬영에 임하면 편집팀이 가이드용 편집본을 완성하고. 내가 이를 확인하고 컨펌하는 방식으로 진행했고 촬영이 없는 날에는 하루 종일 스튜디오에 앉아 영화와 씨름했다.

4월이 꺾이고 5월에 접어들 무렵에는 어느덧 풀 버전 127분짜리 러닝 타임의 윤곽이 드러나기 시작했다.

"다 됐다!"

확실히 작업 속도가 빠르다.

씬의 길이를 완벽하게 머릿속에 담아두고 있고 쓸모없는 컷은 돌아보지 않으며 지지부진하거나 조금 늘어지는 장면은, 스피디하게 넘기는 편집 역량.

적재적소에 정확하게 집어넣어, 그 장면을 터뜨려 버리는 영화 음악 초이스.

"와, 어떻게 이렇게 빠르지?"

"재희 감독님이 확실하게 알려줘서 그래. 절대 고민하지 않으시잖아."

함께 작업한 편집 크루들이 혀를 내두를 정도였다.

"제가 업계에서만 6년째 작업하는데…… 이런 감독님 처음 봤다니까요?"

"……."

이게 다 내 머릿속에 책이 들어 있는 '능력' 덕분이다.

편집팀이 내게 물었다.

"다음은 뭘 하실 건가요?"

얼추 영화의 오프닝부터 엔딩까지 편집이 마무리되었다.

이제 남은 것은.

"일단, 전문가에게 확인 한번 받아볼까 해요."

사전 검사.

나는 칭찬에 목마르다.

'전문가'라는 단어에 편집팀들이 물었다.

"전문가 누구요?"

"제가 아는 감독님. 그리고 19세기 무비베어 관계자."

박진우 연출과 19세기 무비베어 투자상임이사. '19세기 무비베어'라는 굴지의 영화사 이름이 나오자 편집팀의 얼굴이 묘해졌다.

"……19세기 무비베어요? 그 말씀은 혹시……."

'설마?' 하는 기대감을 숨기는 얼굴들.

나는 이들에게 확정 짓듯 말했다.

"살 사람들에게, 판매할 물건을 보여주려는 것뿐입니다."

사고 싶으면, 얼마든지 사 가도 좋다.

영화를 공개하는 것은 다양한 방법이 있다.

투자를 받아 영화를 제작하고 상영 일자를 조율해 국내 개봉을 시작으로 해외 시장으로 나가는 방법. 또 해외 영화제에 먼저 출품하여 수상을 통해 인지도를 높이고 국내로 들어오는 영화들도 있고 전 세계에 동시에 개봉하는 영화도 있으며.

지금같이, 해외에 먼저 팔아서 이윤을 남긴 후 국내로 들어가는 방법도 있다.

내가 선택한 방법은.

미국에 먼저 공개 후, 국내로 들여보내는 방법.

"드디어, 재희의 영화를 볼 수 있는 건가요?"

'19세기 무비베어' 측 투자상임이사 및 배급기획 담당자가 스튜디오에 도착했다.

이들은 솔직한 기대감을 감추지 못했다.

그건 박진우 연출 역시 마찬가지.

"이 시나리오가 얼마나 탄탄한지 누구보다 잘 알기 때문에, 솔직히 정말 기대됩니다."

"……"

박진우 연출이야 그렇다 치더라도. 영화에 대해 제대로 파악하지 못한 제3자에게 내 영화를 공개하는 일.

배우로서의 입장과는 또 조금은 다르게 떨리고도 두려운 일이구나.

나는 모두가 모인 자리에서 들뜬 표정을 숨기고 데스크탑의 스페이스 바를 눌렀다.

"그럼, 시작하겠습니다."

화면 가득 떠오른 〈당신의 추억을 삽니다〉의 오프닝 타이틀. 내가 만든 영화가 비공식적으로 첫 '관객'을 만났다.

19세기 무비베어 같은 대형 영화사의 배급 담당 기획자는 프로다. A라는 영화가 한국에서 흥행했다면 그 이유는 무엇인지, 미국에는 맞는지 등을 고려한다.

자연스럽게 전 세계의 다양한 영화를 보아 왔고, 그 나라만의 고유한 문화를 이해하려 노력했다.

영화에는, 사람마다 제각각 '취향'이 존재한다.

일반적으로 장르의 호불호, 좋아하는 시퀀스, 대사의 아름다움 같은 저마다의 기준을 가지고 영화를 접근하는데, 이들은 개인적인 사건이나 취향은 철저하게 배제한 체 편견 없이 영화를 보아야 한다. 일반 관객이 아니라, 프로니까.

이렇게, 영화를 보면서 머릿속으로 계산기를 두드려야 하는 이들이, 그런 계산마저 잠시 잊어버리고 러닝타임 127분 동안 푹 빠져들었다.

"어떠셨나요?"

"……아."

영화가 끝나고 솔직한 의견을 묻는 도재희의 얼굴을 보자, 배급 담당 기획자는 그제야 멍한 기분에서 빠져나왔다.

"재밌었나요?"

"……."

말을 골라냈다. 어떻게 말을 꺼내야 할까.

젊은이가 할아버지 세대를 이해하는 과정. 할아버지의 인생을 경험하고, 그의 추억을 엿본다는 점에서.

"쥬세페 토르나토레 감독의 '시네마 천국'이 떠오르네요."

〈시네마 천국〉 같은 세기의 명화와 비교되었다.

이 영화는 고전도 아니고, 소년의 이야기도 아니고, 영화라는 매개체도 없지만, 제일 먼저 생각난 이미지가 그랬다.

왜 이렇게 아름답게 느껴질까.

"……아름다웠어요. 정말로. 특히 그…… 1:1 스크린 비율에서 풀 와이드로 확장되는 그 장면."

"맞아. 그 장면에서는 소름이 돋아날 정도였어. 보여? 지금도 그 장면을 상상하니 소름이 돋아나는군."

19세기 무비베어 사람들이 저마다 입을 열며 공감했다.

매우 아름다운 스토리와 영리한 연출. 그럭저럭 봐줄 만한 CG에, 거기다 언어의 장벽 따위는 다 깨부숴 버리는 배우들의 연기력.

"그런데, 눈에 익은 배우들이 많이 나오던데요."

"네. 한국이 자랑하는 배우들입니다."

도재희의 말에는 자부심이 가득 느껴졌다.

"욕심이 안 난다면 거짓말이군요. 표정에서 티 나요?"

"마치 사랑에 빠진 것 같은 얼굴이군요."

"맞아요. 재희, 그래도 잠시만 시간을 주겠어요? 우리끼리 얘기를 좀……."

"좋아요."

"우리는 나가서 얘기 좀 하지."

19세기 무비비어 배급 담당자들이 스튜디오 문을 열고 로비로 빠져나왔다.

그러고는 말없이 서로의 눈을 마주 보았다.

짧은 침묵이 흐르고, 한 명이 피식 웃어버렸다.

"아무래도 모두 같은 생각인 것 같은데."

이들은, 모두 같은 생각을 하고 있었다.

"나는 이 영화를 극장에서 보고 싶어."

"나 역시 마찬가지. 대단한 흥행이 보장된 영화는 아니지만, 이건 반드시 사람들이 보아야 하는 영화야."

"그럼, 다들 동의했군."

"……자네도?"

"당연하지. 내 팔을 봐. 아직도 소름이 채 가시질 않는군."

이견은 없었다. 모두가 이 영화를 구매하고자 원했고, 스튜디오 안으로 다시 들어선 배급 담당 기획자가 도재희를 향해 입을 열었다.

"재희, 이 영화를 저희가 사겠어요."

영화 <당신의 추억을 삽니다>는 다분히 '한국적'인 영화다.

배경은 1953년 6.25 전쟁 직후부터 70, 80년대 격동의 대한민국이 주를 이룬다.

이런 격동의 인생을 살다 시들시들해진 할아버지의 인생을 따라가는 손자.

벌써부터 한국적인 색이 매우 짙게 느껴지지 않는가?

그럼에도 불구하고 19세기 무비베어가 영화를 수입할 수밖에 없었던 까닭은 '효'가 가진 국경을 초월한 힘 때문이었다. 이는, 인종과 국적을 막론하고 먹히는 소재였고, 도재희는 아주 영리하게 써먹었다.

"한국보다 미국에 1주일 먼저 개봉하는 것으로 하고, 제목은 그대로 직역한 'Buy your memories'로 하는 것이 좋겠어요. 으음, 문제는 돈인데. 아마 절대 섭섭하지는 않을 겁니다. 계약 조건에 대해 조금 더 이야기해 보도록 하죠."

"……대단하네요. 정말."

박진우는 당장 계약서를 들이밀며 도장을 찍으려는 19세기 무비베어 직원들을 보며 너털웃음을 터뜨렸다.

"대형 영화사인 무비베어 측이 저렇게 적극적일 수가."

판이 빠르게 변화하고 있다.

박진우는 제작 총괄을 맡았던 자신의 역할에 충실해 편집에는 일절 관여하지 않았다. 편집은 도재희가 직접 했고, 할리우드의 편집팀은 도재희의 머릿속 이미지를 구현하는 '손' 역할만 했다고 들었다.

그리고 그 결과가 나왔다.

전문적으로 영화를 공부한 감독인 자신이 봐도, 대단한 영화였다. 부족한 점을 찾기 힘들 정도.

"감독님, 어땠나요?"

도재희의 질문에 박진우는 엄지를 치켜들 수밖에 없었다.

"최고였습니다."

솔직히 인정할 수밖에 없었다.

'내 영화보다 낫다.'

영화의 값어치는 보는 이에 따라 다르지만.

지금 박진우가 느끼는 감정은 그랬다.

이 영화가 아마, 몇 달만 일찍 세상에 공개되었으면 아카데미 시상식의 '외국어영화상'은 도재희가 받았을 것이다.

"도 배우님, 계약 마무리 지으시는 동안 저는 잠시 바람 좀 쐬고 오겠습니다."

"네."

박진우는, 자신을 따라 미국행을 함께한 SAFA 출신 김민희와 함께 스튜디오 로비로 나왔다.

나오자마자 김민희가 박진우에게 물었다.

"박 형, 한 방 제대로 먹은 얼굴인데."

박진우가 피식 웃었다.

"맞아. 완패야."

완패를 인정하면서도 박진우의 표정은 가벼웠다.

"완벽한 영화였어. 불필요한 장면도 없었고, 전개도 세련되었지. 단점을 찾기가 힘들 정도야."

"맞아. 미국 시장에서도 먹힐 것 같은데."

"자극은 확실히 되는군."

"응?"

박진우는 할리우드 정식 입봉 준비를 위해 시나리오 작업에 들어간 상태였다.

할리우드 데뷔. 이제는 진짜 시험대에 섰다.

할리우드에서 데뷔작을 성공적으로 안착시키지 못한다면, 어쩌면 한국으로 돌아가야 할지도 모른다.

박진우가 환하게 웃으며 말했다.

"다음 작품은, 정말 최고의 영화를 만들 거야. 도 배우님 영화보다 더 재미있는 영화! 지금 완전 의욕 충만!"

박진우의 당당한 말에 김민희가 피식, 웃음 짓더니 그의 등을 찰싹 때리며 말했다.

"그래! 이렇게 웃어야 박 형이지!"

"아얏."

박진우는 여전히 조금은 이질적이게 느껴지는 LA의 거리를 바라보며 생각했다.

'꼭, 찍는다.'

미국에서 1주일 선 공개. 이후, 한국을 비롯한 아시아권 11개 국에 동시 개봉. 곧바로 유럽을 비롯해 170여 국가로 확장 진출 예정.

"후, 정신없네."

"그래도 이제 끝났잖아."

"그러니까요. 역시, 연기만 신경 쓰는 게 좋다니까요."

〈당신의 추억을 삽니다〉의 편집 및 판권 계약이 마무리되자, 꽤 여유가 생겼다.

이제는 할리우드 작품들 촬영에만 집중하면 되는 상황.

그사이, 〈쓰나미 인 캘리포니아〉의 앤소니 옐친 감독에게서 연락이 왔다.

"끝장나는 라인업이 대기 중입니다. 카메라 켜기만 하면 됩니다. 후후."

캐스팅이 완료되고 촬영 준비가 모두 끝이 났다.

원래 계획대로라면 이달 초에 진즉 촬영에 들어갔어야 하지만, 내 스케줄을 기다려준 것이다. 이들이 내게 보내는 긍정적인 시그널에 답신을 해야 할 필요성을 느낀 나는.

"기다려주셔서 감사합니다. 배우 및 크루분들 모시고 제가 음식 대접을 하고 싶은데요."

"오! 식사요!"

식사를 한 끼 대접하기로 했다.

"네. 토요일 점심 어떠신가요."

날짜를 잡고 식당을 예약하는데, 식당 선정에서 잠시 머뭇거렸다.

배우들에게 쏘는 식사, 값비싼 레스토랑도 물론 좋겠지만.

"한정식 어때요?"

내가 제안한 것은 한정식.

"한정식? 좋아할까?"

저들의 입맛에 맞을지는 모르겠지만, 인클루드 라이더를 선언하고 모여든 다양한 국적의 배우들에게 꽤 괜찮은 메시지를 줄 수 있겠다고 생각했다.

그리고 '나'에게 호감이 있는 사람들이 모인 곳이다.

"······좋아할 수밖에 없을걸요."

싫은 티를 내겠어?

"그렇게 하자. 원래 공짜 밥은 뭘 먹어도 맛있는 법이지!"

한인타운에서 가장 큰 한정식집 중 하나인 백양식당으로 정했다.

토요일 점심. 약속된 시간에 맞춰 한인타운에 도착했다.

K Town이라 불리는 한인타운은, 한글로 적혀 있는 간판은 많이 보이지만 한국의 색을 느끼기에는 무리가 있다.

건물 외관부터가 LA 느낌을 확 풍기니까. 당연히 한국에서 30년을 살아온 내게는 이곳은 여전히 '미국'이다.

하지만, 다른 이들에게는 아닌 모양이다.

"오우."

한 흑인 여배우가 식당 입구로 들어서며 과장된 제스처를 취하며 들어섰다.

"한식당이 이런 분위기군요."

저들이 느끼기에는 이곳은, 미국이 아닌 한국. 미국 속의 한국에서, 나는 방문객들을 두 팔을 벌려 환영했다.

"어서 오세요."

다양한 사람들이 들어섰다.

배우, 제작자, 촬영감독, 에이전트 등등.

이들은 대체로 한결같은 반응이었다.

"한식당에서 이 많은 사람들이 밥을 먹다니!"

"그러게요. 할리우드 생활 오래 하면서, 종종 들러보긴 했지만, 이렇게 단체로는 처음이네요."

신기하다는 반응.

아무래도 한국인이 주도적으로 활동하는 경우가 적기 때문이다.

이제는 달라질 예정이지만.

"제가 마지막입니다!"

앤소니 옐친 감독이 마지막으로 내부로 들어서면서, 모든 사람들이 도착했고, 나는 자리에서 일어나 말했다.

"제 초대에 응해주셔서 감사합니다. 도재희입니다."

"워우!"

짝짝짝짝!

한식당을 가득 메운 〈쓰나미 인 캘리포니아〉 팀원들에게서 박수갈채가 쏟아졌다.

몇 달 전 박수를 받던 아카데미 시상식에서, 지금은 이곳 조촐한 한식당으로 무대가 바뀌었지만, 어딘지 모르게 마음은 이곳이 더 편하다.

된장찌개 냄새가 구수하게 나는 친숙한 공간이라는 이유 때문일 수도 있지만, 그보다 결정적인 이유는, 이들이 할리우드에서 내게 호감을 표시하고 내 얼굴을 보고 들어온 내 사람들이기 때문이다.

"이곳은 제가 쉬는 날 종종 오던 한식당입니다. 제게 고향을 떠올리게 만드는, 음식 맛이 썩 훌륭한 곳이지요. 마음껏 드십시오."

"예!"

"아, 그리고 하나 더. 앞으로 촬영 기간에 종종 이런 자리를 만들었으면 합니다. 다양한 식당에 가보고 싶은데, 추천해 주실 분 없으신가요?"

내 말에 아주 짧은 침묵이 오갔다.

공개적으로 말한 것이나 다름없다.

나, 너를 이해하고 싶다.

인클루드 라이더. 서로의 문화를 이해하며 식사를 나누는 방법.

다양한 사람들이 모여 있는데, 이보다 쉽게 가까워질 수 있는 방법이 있을까.

내 말에 재빠르게 반응하며 중국계 여배우가 손을 들어 올렸다.

"왜 없겠어요? 안 가서 몰랐지."

"그거 정말 좋은 제안이군요! 제가 현지인들이 추천하는 기막힌 인도 요리 전문점으로 안내해 드리겠습니다."

"하하! 좋아요! 좋아!"

나는 옅게 미소 지으며 고개를 끄덕였다.

"이제, 맛있게 즐겨주세요."

1인당 9만 원가량의 고급 정식 요리. 스프를 닮은 뜨끈한 호박죽에 한바탕 난리가 나고, 연어 샐러드에 청포묵으로 만든 탕평채가 나왔다. 칠절판과 메로구이. 궁중 갈비찜에서는 방점이었다.

"이야!"

채식주의자와 일반인들의 입맛을 모두 사로잡은 음식들.

이 정도면, 10점 만점에 10점인걸.

음식에 소주를 간간이 곁들이며 진행된 오후 만찬.

내 테이블에는 앤소니 옐친 감독과, 벤자민 찰리가 앉았다.

"오, 이거 정말 맛있는데요."

옐친 감독은 음식 맛에 감탄했고.

나는 옐친 감독의 능력에 순수하게 감탄했다.

"캐스팅이 정말, 화려하네요."

내가 제안했던 다양한 인종의 배우들일 뿐만 아니라, 할리우드에서 저마다 한가락씩 제 기반은 있는 배우들이다.

하지만 앤소니 옐친 감독은 웃으며 그 공을 내게 돌렸다.

"재희가 합류해 주신 덕분이죠. 재희 얼굴 보고 모인 사람들입니다."

"……."

"이제 촬영만 들어가면 됩니다! 예쓰! 촬영할 생각을 하니 정말 신나는군요!"

"하하!"

이렇게 다재다능한 배우 라인 중, 가장 인지도 있는 배우를 꼽으라면 역시, 벤자민 찰리. 〈게라드 쇼〉를 통해 내게 공개적으로 관심을 표현했던 백인 배우, 벤자민이 말했다.

"정말, 화기애애 하군요!"

"예?"

"여기 분위기요. 너무, 마음에 들어요."

그가 행복하다는 듯 웃어 보였고, 내가 물었다.

"다른 현장은 분위기가 달랐던 모양이군요."

"네. '디트로이트 피플' 촬영장은…… 끝났으니 하는 말이지만, 정말 지옥이었죠."

"네?"

잊을만하면 등장하는 〈디트로이트 피플〉, 그리고 레오파드 비트리오.

"레오파드의 오스카 욕심 때문이죠. 올해에는 반드시 받아야 한다고 얼마나 들들 볶던지."

"……."

아.

"지금도 이를 갈고 있어요. 내년에는 반드시 받을 거라고. 재희. 만약 할리우드에서 작품을 고를 때, '레오파드 비트리오'라는 이름이 들어간다면 한번 고민해 보세요. 그 현장, 엄청 힘들 테니까."

농담처럼 말했지만, 그 말에는 꽤 무게가 있었다.

남우주연상을 수상한 '지미 니콜라이'라는 새로운 할리우드

왕의 등장에 잠시 잊고 있었다.

레오파드 비트리오. 매년, 오스카를 노리는 만년 이인자.

그가, 내년에도 오스카를 노리는구나.

"……충고 고마워요. 벤자민."

나처럼.

레오파드 비트리오. 할리우드에서 가장 영향력 있는 배우 중 하나. 그가, 나와 똑같은 남우주연상을 노린다.

나는 최근까지 그와 같은 작품에서 연기했던 배우인 벤자민 찰리에게서 흥미로운 이야기를 하나 들었다.

"들으셨어요? 레오파드가 이번에 직접 영화 제작을 제의했다는 걸?"

"그게, 무슨 말인가요?"

"말 그대로예요. 자신이 예전에 흥미롭게 보았던 책 한 권을 영화사에 넘기며, 영화로 만들자고 제안했지요. 주인공은 자기 자신으로. 120% 이상 극한의 연기를 펼칠 수 있는 자기 자신을 위한 무대를 설계하는 중입니다."

레오파드 비트리오는 차기작에 집중하고 있다고 했다.

칼을 가는 것이다. 자기 자신이 제작에 참여하여, 가장 돋보일 수 있는 배역을 직접 디자인했고, 자신을 돋보이게 찍어줄 감독까지 스스로 섭외한다.

'이래도 안 줄 거야?'

만천하에 올해야말로, 남우주연상을 반드시 가져오겠다고 소리치는 것 같았다.

"……."

뭐랄까. 벤자민 찰리에게서 레오파드의 소식을 들은 이날을 기점으로. 내 마음가짐이 조금 변했다. 할리우드에서의 내 모든 커리어가 오스카상을 향해 포커싱 되기 시작했다.

뜬구름처럼 퍼져 있던 목표가 단단하게 하나로 모였다.

오스카를 노리는 배우가 레오파드뿐 만은 아니겠지만, 이자를 당장 넘어서야 한다는 것은 틀림없다.

목표는, 단번에 최정상을 넘보는 언더독.

재익이 형이 내게 물었다.

"어떻게 할 거야? 우리도 대비해야지."

오스카를 향해 조준하기 전.

"해야죠. 먼저, 총알을 준비해야겠죠"

싸울 준비를 해야지.

내년 아카데미를 향해 쏘아 올린 내 첫 번째 신호탄은, 오웬 감독이 만든 〈패브리케이터〉였다.

5월. 칸 영화제에 초청받아 개봉한 이 영화는 '역시 오웬!'이라는 평가를 받으며 영화인들의 주목을 받았다.

비록 수상에는 실패했지만, 황금종려상 후보로 노미네이트 되었으며, 유럽 시장에 내 이름을 알리는 계기가 되었다.

"프랑스 신문, 르 몽드(Le Monde)에서는 배우 도재희에 포커스를 맞춰 집중적으로 보도했다……. 이야! 끝내주는데."

칸이 주목한 배우가 되었다.

한국에서도 '칸 영화제'라 함은, 매년 심심찮게 방문하는 영화제기에, 그다지 큰 감흥은 없었지만.

"그 덕분에! 전미 개봉!"

이러한 이력을 가지고 영화 〈패브리케이터〉는 미국 극장가에 롤 아웃(흥행 여부에 따라 개봉관을 늘려 나가는 방식) 방식으로 개봉되었다. 독립영화로서는 이례적으로 첫 상영관이 300여 개가 넘었고, 지금 흥행 추이를 보아서는 곧, 네 자릿수로 확대될 예정이다.

'역시, 오웬이다'라는 말이 절로 나온다.

"다음은?"

재익이 형의 질문에, 내가 시선을 창밖으로 던졌다.

연습 볼을 던졌으니 다음은.

"초구."

내가 할리우드에 던질 〈당신의 추억을 삽니다〉. 내년 아카데미 '외국어영화상 후보'를 향해 날아갈 날카로운 직구.

배우상에 이어, 연출상까지 노린다.

재익이 형의 얼굴이 흥미롭다는 듯 변했다.

"오호, 그다음은?"

"강속구."

〈쓰나미 인 캘리포니아〉, 개봉 날짜까지 정해져 있고 이제는 촬영만 남은 내 비장의 무기. 내 예상대로라면 이 영화가 불어오는 쓰나미는 캘리포니아뿐만이 아니라, 전 세계를 침몰시킬 것이다.

예상이냐고? 아니, 확신해도 좋다.

"좋은데?"

오웬 감독의 〈패브리케이터〉.

도재희 감독, 도재희 주연. 〈당신의 추억을 삽니다〉.

앤소니 옐친 감독의 〈쓰나미 인 캘리포니아〉.

이로써, 올해 할리우드를 정조준하고, 내년 아카데미 시상식을 향해 쏘아 올릴, 내 영화 라인업 세 개가 완성되었다.

"영화 세 작품이라, 든든한데. 상 하나는 가져오겠다."

"세 개가 아니에요. 아직 75%밖에 완성되지 않았어요."

"응? 75%? 나머지 25%는?"

"이제 찍어야죠."

하나는, 찍어야 한다. 작년에 찍어 둔 작품 두 작품을 포함하여 올해 두 작품을 찍어, 네 작품을 공개할 예정이다.

"응? 어떤 영화?"

"결정구."

타자를 반드시 아웃시켜야 하는 결정적 카운트에서 투수가 던지는, 가장 자신 있는 공.

재익이 형이 무슨 말인지 잘 모르겠다는 얼굴로 물었다.

"생각해 둔 작품이라도 있어? 그런데, 지금 당장 작품에 안 들어가면 12월 개봉까지 시기가 조금 촉박할 텐데?"

"박진우 감독님 영화요."

"아! 지금 작업 중이시지?"

"네."

역시, 가장 자신 있는 조합은 도재회×박진우다.

박진우 감독이 시나리오를 빠르게 완성해 올 12월 안에 영화를 개봉할 수만 있다면, 미국의 어떤 극장이든, 1주일 동안만이라도 걸 수 있다면, 아카데미에 초청될 자격을 얻는다.

계획대로만 진행된다면, 내년 1월에 발표될 '오스카상 후보'로 나는 총 네 개의 무기를 손에 쥐게 되는 셈이다.

저마다 다양한 매력을 뽐낼 네 개의 영화들.

"총 네 작품이라……. 박 감독님, 어떤 작품 준비 중이신지 알아?"

"아뇨, 아직 몰라요. 저한테도 말씀 안 해주시던데."

"흐음, 그래?"

확실한 것은.

"해외 로케이션을 준비 중이시라는 것 정도."

오스트레일리아에서 대규모 로케이션 장소를 물색한다는 소식만 들었다.

"대체 뭘 찍으시려는 거지?"

"곧 시나리오 보여주신다던데. 모르겠어요. 초대형 블록버스터가 되지 않을까 싶은데."

뭐가 되었던.

"기대되지 않아요?"

그를 믿는다.

어둑한 새벽. 하이마운트 픽쳐스의 작업실. 타박, 타박거리는 키보드 자판 두드리는 소리만이 울려 퍼졌다.

하지만 이내, 그 소리가 멈추더니 정적이 찾아왔고.

다시 그 정적을 깨뜨리는 박진우의 목소리.

"……다 썼다."

박진우 앞에 있는 모니터에는 빼곡하게 적혀 있는 영화 시나리오가 펼쳐져 있었다.

제목 〈알카트라즈〉, 판타지다.

시나리오의 시작은 이러했다.

MJ는 좁은 침대에 늘어지게 누워 허공을 향해 9㎜권총 탄피 하나를 던졌다, 잡았다를 반복했다.

가죽시트가 죄다 벗겨진 침대 바로 옆 테이블. 그 테이블 위에 올려진 낡은 라디오에서는 똑같은 말이 반복적으로 흘러나오고 있었다.

본 세계정부는 테러, 범죄와의 전쟁에서 승리하였으며, 이제껏 도래한 적 없던 새로운 평화의 시대를 개척하였습니다.

"개뿔."

신경질적으로 라디오를 걷어차는 MJ.

라디오가 바닥으로 떨어지며 점점 배경이 넓어지고, 조금씩 드러나는 실내 풍경.

전체적으로 어두컴컴한 배경의 좁은 방.

처음에는 방이라고 생각했지만, 스크린이 넓어지며 이를 가두고 있는 쇠창살이 카메라에 걸린다.

감옥.

감옥 내부의 조그만 창문 너머로는, 마치 폭격이라도 휩쓸고 지나간 듯한 황폐한 시가지가 드러난다.

낡은 라디오에서는 모차르트의 레퀴엠이 흘러나오고, 던진 탄피 하나를 놓치고 만다.

탄피는 바닥에 떨어져 침대 밑으로 들어가고.

MJ가 팔을 떨궈 더듬거리며 탄피를 주우려고 한다.

MJ의 흰 팔뚝에는 선명한 주삿바늘 자국이 난자되어 있고 그 팔뚝을 따라 위에서 아래로 앵글을 내리면, 침대 아래에 탄피가 떨어져 있다.

제자리에서 빙그르르 회전하는 탄피.

탄피에 찍혀 있는 오프닝 타이틀.

알카트라즈.

"으, 웃차!"

박진우는 정적을 깨트리며 쭈욱 기지개를 켜더니, 몸을 일으켰다. 새벽 3시 20분.

자리에서 일어나 이미 다 식은 커피를 훌훌 털어 넘기더니 구부정한 자세로 메일을 켜 작업한 시나리오를 어딘가로 전송했다.

메일 제목에는 '〈알카트라즈〉 완고. 답변 요망'이라고 적혀 있었다.

알카트라즈는 한번 들어가면 절대 나올 수 없다고 악명 높은 악마의 섬. 미 연방국의 '형무소'로 쓰이던 '알카트라즈'는 1963년 폐쇄되어 지금은 관광명소로 쓰이지만.

박진우 감독의 상상력으로 재탄생되었다.

새로운 세계관. 핵전쟁 이후의 세계. 테러리스트로 몰려 알카트라즈에 억울하게 수감 된 한 죄수.

탈옥, 복수, 질주. 화약 냄새, 피 냄새, 죽음의 냄새.

현실과 판타지를 넘나들며, 다양한 인간군상들의 삶을 다룬 이야기. 도재희가 '원톱' 주연이 될 영화이자, 미국 입맛에 맞춘 전형적인 액션 블록버스터.

할리우드에 진정한 시험대에 올라설 영화.

"후우"

메일 전송을 마친 박진우는 시나리오를 완성했다는 해방감을 느끼며, 히죽 웃었다. 한시라도 빨리 MJ를 연기할 도재희의 얼굴을 보고 싶어 안달 난 얼굴이었다.

그는 빠르게 휴대전화를 들어 올렸다. 그리고 어딘가로 전화를 걸더니, 곧 유창한 영어로 말했다.

"메일 받으셨죠? 최대한 서둘러주시길 바랍니다. 개봉은 반드시 12월 중에 했으면 해서요."

발신자는 영화사 하이마운트.

혹자들은 영화를 찍는 일보다, 극장에 거는 일이 어렵다고도 한다. 대형 배급사를 껴야 하는 작업이 필연적으로 진행되어야 하기 때문이다.

하지만 이번에는, 생략하는 단계나 다름없다. 하이마운트 픽쳐스가 뒤에 떡하니 지켜주고 있고, '박진우'라는 감독의 이름값이 있으니까.

이제 준비해서, 찍기만 하면 된다.

-12월이요? 이거, 스케일이 꽤 큰데. 가능하겠어요?

가능하겠냐는 우려에 박신우가 말했다.

"반드시, 그렇게 만들겠습니다."

그래야만 하는 이유가 있다.

다시 아카데미 무대에 서려면, 도재희를 비롯해서, 그 누구에게도 뒤지지 않으려면.

"꼭, 그렇게 해야 합니다."

반드시, 올해 안에 개봉해야 한다.

··· 9장 ···

쓰나미 같은 녀석

〈쓰나미 인 캘리포니아〉의 촬영이 시작되었다.

대다수의 재난 영화에는 정형화된 플롯이 존재한다. 재난 영화를 통해 우리가 보고 싶어 하는 이야기가 뚜렷하게 존재하기 때문이다.

부성애, 가족의 소중함, 평화로웠던 일상의 파괴. 재앙을 예견하는 사람과, 이를 귓등으로 흘려듣는 무지한 관리들.

십만양병설을 주장했던 율곡 선생과 그 말을 듣지 않았던 선조. 그리고 임진왜란. 이런 것이 '플롯'이다.

다수가 보고 싶어 하는, '먹히는' 이야기.

〈쓰나미 인 캘리포니아〉도 예외는 아니다.

대자연 재해 앞에 무기력한 인간.

캘리포니아를 감싸 안은 해발 4,421m의 시에라네바다 산맥을 뒤덮을 만큼 거대한 쓰나미가 밀려오고, 바닷물에 휩쓸려 내려가는 사람들. 물에 잠겨 버린 도시.

고층 빌딩 위에 살아남은 악인늘. 생존…….

〈쓰나미 인 캘리포니아〉는 위에 언급했던, 이 모든 정형화된 이야기가 적당히 버무려진 클리셰의 집합체다.

하지만 누가 연기하고, 누가 연출하느냐에 따라 그 맛은 달라진다. 아주 미세한 차이가 명품을 만든다는 것을, 우리는 알고 있지 않은가.

"이 영화가 명품이 될 수밖에 없는 이유."

앤소니 옐친 감독이 크루들을 불러 모아놓고 나를 가리키며 말했다.

"명품이 선택한 작품이기 때문이죠."

명품 배우가 출연하는 클리셰 범벅 재난 블록버스터.

자. 아무래도 올해, 내 커리어의 방점을 찍어야 할 것 같다. 한국에 빈손으로 돌아갈 수도 없고, 몇 년을 미국에 살 수는 없는 노릇이니까.

그러기 위해서는, 내게는 꼭 내년의 오스카가 필요하다.

오늘이, 그 첫 번째 시작.

"시원하게 물벼락 맞을 준비는 되셨습니까?"

앤소니 옐친 감독이 웃으며 물탱크를 가리켰다.

100명의 스텝이 달려들어 꼬박 한 달 반을 공들인 장면.

오렌지 카운티 세트 길거리에 1미터짜리 콘크리트 바리케이트를 엮어 누수 방지를 위해 방수 스프레이로 이음새마다 뿌렸다. 1백만 리터의 물을 탱크에 채워놓았고, 10개의 분출기를 제작해 분당 1만 4천 리터의 물을 뿜어내도록 했다.

나는 표정을 장난스럽게 굳혔다.

"오, 이런."

앤소니 옐친이 하루라도 빨리 영화를 찍고 싶어 안달 났다는, 그의 얼굴이 이해되는 순간.

나는 멋쩍게 웃으며 말했다.

"한 번에 시원하게 갑시다."

이제 곧, 수십만 리터의 물이 쏟아져 세트를 가득 메울 것이다.

영화 세트의 기본은 CG다. 뉴욕을 배경으로 찍든, LA를 배경으로 찍든, 실제 그 공간에서 찍을 수 있는 장면은 한정되어 있다.

LA 전체가 물바다가 되는 장면을 찍겠다고 LA에 수백만 리터의 물을 들이부을 수는 없는 노릇 아닌가.

물론, CG를 지극히 혐오하여 병원 건물에 다이너마이트를 설치해 실제로 터뜨려 버리는 감독도 존재하지만, 기본적으로는 CG. 그리고 촬영은 오렌지 카운티의 건물 모형을 그대로 재현한 세트 블록(Block)에서 진행되었다.

영화는, 온통 컴퓨터 그래픽 덩어리다.

이 블록들은 CG라는 옷을 입고 건물로 재탄생할 것이고.

물살에 부서지는 건물들은 약간의 특수효과를 거치고 이미 부서져 있는 모형 건물로 대체될 것이다.

"순비되셨죠? 갑니다!"

자, 여기. 카메라 앞에 있는 것 중, CG가 아닌 것은 딱 두 가지뿐이다.

배우와 물, 그리고 연기는 CG로 대체할 방법이 없다.

이 영화에 출연하는 인간은, 하늘을 날지도 광선빔을 쏘지도 않으니까.

있는 그대로의 모습을 보여준다.

"가시죠."

펼쳐진 대자연재해를 '직접' 몸으로 받아내는 수밖에.

"자! 갈게요!"

슛 사인이 들렸다.

동시에 분무기에서 물이 튀어 올라왔고, 크레인 차량 위. 물 탱크의 물이 닿지 않는 높은 곳에서 나를 향한 카메라들에 불이 번쩍였다.

거대한 물탱크가 아가리를 벌렸고.

쾅! 콰과과과광!

이내 거침없이 물이 쏟아지는 괴성이 들려왔다.

그 괴성에 묻힌, 확성기 가득 앤소니 옐친 감독의 악에 받친 목소리.

"액션!"

찌릿찌릿, 피부가 먼저 반응한다.

내가, 내 속의 또 다른 나로 변하는 시간.

그 날은, 평소와 다름없는 평범한 날이었다.

평소와 다름없이 아침에 잘 구운 토스트와 스크램블드에 그, 우유와 베이컨을 곁들여 먹었고.

"아빠!"

"웃차! 잘 잤니?"

아침에는 우리 공주님을 번쩍 안아 들었다.

평소와 다른 점이라고는 없었다.

아니다, 아니었다.

TV 리모컨을 만지작거리던 와이프가 입을 손으로 막으며 경악했다.

"무슨 일이야?"

"여, 여보. 저기……."

TV에서는 요란스러운 사이렌 소리와 함께 긴급속보가 흘러 나오고 있었다.

-속보입니다. 아르헨티나 부에노스아이레스 동쪽 324㎞ 떨어진 대서양에서 시작된 지진의 영향으로 강도 높은 해일이 부에노스아이레스 남쪽 항구를 집어삼켰습니다. 부에노스아이레스를 관통하는 플라타 강은 대서양과 밀집해 있으며 이번 해일의 영향으로 도시 전체에 피해가 확산될 수도 있다는 전문가들의 예측이……

"……."

해일이다.

나는 들고 있던 토스트를 접시 위에 내려놓고 우물거리던 입을 멈추었다.

동시에.

삐이이이이이이이이이!

귀를 찌르는 비상음에 몸을 부르르 떨었다.

곧바로 소파로 달려가 휴대전화를 확인했다.

내가 일하는 해양구조대에서 온 연락.

"여보……."

불안한 표정을 짓는 와이프를 꼭 끌어안으며 말했다.

"가봐야겠어."

오늘이 비번이건 아니건 중요한 것이 아니었다.

비상이다.

나는 황급히 외투를 챙겨 입고 현관에서 신발을 신었다.

영문도 제대로 모르지만, 나와 와이프를 따라 덩달아 불안감을 느낀 딸이 내 옷깃을 붙잡았다.

"아빠! 안 가면 안 돼?"

"……."

나는 그제야 오늘 딸아이와 놀아주기로 약속했다는 것을 깨달았다. 평소 같았으면 일찍 오겠다며, 뭐가 먹고 싶냐며 가벼운 마음으로 집을 나섰겠지만, 오늘따라 마음이 천근만근 무겁다.

나 역시, 가고 싶지 않다. 본능이 그렇게 말하고 있다.

하지만.

"……미안. 급한 일이 생겨서 그래."

우선, 가봐야 한다.

떨어지지 않는 발걸음을 재촉해 집 밖으로 나섰다.

그렇지만 나는 금세 그 자리에 멈춰 서고 말았다.

"……아."

평소와 다른 것은 내 마음뿐만이 아니었다.

샌 클레멘테 해안이 요동치고 있었다.

저렇게 높은 파도를 언제 본 적이 있던가.

철썩! 철썩!

해안 부두벽을 강타하는 바다에 놀라고, 전 세계를 강타한 부에노스아이레스 뉴스 속보에 놀란 시민들이 너나 할 것 없이 거리로 나왔다.

"저게 뭐야?"

"방금 속보 들었죠? 부에노스아이레스가 쑥대밭이 되었다는데."

"……."

우리 동네는 바다 바로 앞에 위치한 자그마한 동네.

부에노스아이레스와 캘리포니아 사이에는 남아메리카가 가로막고 있지만, 전 세계의 바다는 하나로 연결되어 있다.

"……젠장"

발걸음이 떨어지지 않았던 이유. 내 머릿속을 채우던 그 흐릿한 망상들이 점점 현실화가 되어가고 있다.

온몸의 털들이 곤두서는듯한 두려움에 나는 그대로 집 안으로 뛰쳐들어갔다.

그리고 목이 터져라 소리 질렀다.

"얼른 집에서 나와!"

"에, 에?"

"당장!"

"아, 으, 으응!"

"……."

바다가 흔들리고 있다. 내가 알던 세계가, 단 하룻밤 만에 흔들리고 있다.

-속보입니다! 역사에 유례없는 태풍 '플라가'가 산토스를 강타했습니다. 뿐만 아닙니다. 스페인. 일본. 그 어느 곳도 가릴 곳 없이 동시다발적으로 일어나고 있…….

치익!

-전문가들의 예측에 따르면 지구온난화의 악화로 남북극에 있던 빙하가 녹으면서 해수면이 높아짐에 따라 이상기후들이 연속적으로…….

치익!

라디오 채널마다 같은 이야기를 반복했다.

'재앙', '바다가 노했다', '과학적으로 분석한 원인' 등등을 분석한 전문가들이 쉴새 없이 떠들어댔고, 아무런 필터링 없이 퍼져 나갔다.

"제기랄!"

하지만 그게 다 무슨 소용이란 말인가.

이 때문에 내 딸은 극한의 공포를 느끼며 숨도 제대로 쉬지 못하고 있고, 하루 만에 바다가 뒤집혔고, 세계 곳곳에서 쓰나미가 몰려오고 있는데.

"괜찮아, 괜찮아."

와이프가 뒷좌석에서 딸을 안심시키고, 나는 복잡한 마음을 정리하기 위해 음악을 틀었다. 은은한 클래식 반주가 흘러나왔지만, 별다른 도움이 되지 못했다.

내륙을 향해 계속해서 차를 몰았다.

샌디에이고 하이웨이를 타고 북상하여 빠르게 캘리포니아를 빠져나가려는데, 도로가 꽉 막혀 버렸다.

"제기랄! 뭐야!"

뻥뻥 뚫려 있어야 할 차선이 이게 무슨 꼴이란 말인가.

빵! 빠아앙!

모두가 같은 생각을 한 것이다.

전 세계의 부두가 동시다발적으로 타격을 받고 있다는 속보. 지진의 영향으로 미약하게 흔들리는 땅, 전복당해 도로 한가운데를 막아버린 차량.

이 모든 이유들이 한데 뭉쳐 캘리포니아 도로 전체가 마비 상태였다.

나는 운전석 문을 박차고 나가 줄지어 서 있는 차들을 향해

고래고래 고함을 질렀다.

그때였다.

"꺄아아아아아아아악!"

바로 옆에서 들려온 여인의 비명 소리에 나는 주위를 돌아보았다. 그녀는 부두 방향을 향해 소리를 지르고 있었고, 도로에 서 있는 사람들의 시선이 일제히 부두를 향했다.

"……."

아, 이걸 뭐라고 말해야 좋을까.

오전 10시 30분.

점심 식사도 마치지 않은 평화롭던 해안 마을이 일순간.

"……밤?"

밤으로 변했다.

거대한 쓰나미가 하늘까지 솟구쳐 작렬하는 태양을 가렸고, 낮이 밤으로 변하는 기적과 함께 정적이 찾아왔다.

아주, 짧은 정적.

그 누구도 두 눈으로 보고도 믿지 못할 광경에 입을 다물었고, 이 정적은 아주 빠르게 깨졌다.

"꺄아아아아아악!"

"……."

나는 이 짧은 시간 동안 수십 가지 시뮬레이션을 돌리며 우리 가족 모두가 살아남을 방법을 고민했다.

이건, 직업병이지만 내가 일하는 해양구조대에서도 이런 상황에서 어떻게 대처해야 하는지에 대한 가이드 따윈 존재하지 않는다.

설령, 있다고 하더라도.

덜컹!

차 문을 닫고 창문을 위로 끌어올리는 것밖에 아무것도 할 수가 없었다.

"아빠."

……내 딸.

나는 재빠르게 뒷좌석으로 몸을 날려 딸아이의 머리를 내 가슴에 묻고 눈을 질끈 감았다.

동시에.

콰과과과과과광!

거대한 쓰나미가 강타했고, 차량이 뒤집히며 거대한 급류에 휩쓸려 내려갔다.

나, 살 수 있을까.

"여긴 지옥이야!"

"하하하!"

풀샷 오케이 사인이 떨어지고, 내가 던진 조크에 현장이 웃음바다가 되었다.

"괜찮아요?"

"제가 원래 놀이기구를 무서워하거든요. 근데 이제 롤러코스터나 아쿠아 웨이브는 탈 수 있겠어요."

"하하! 그것참 다행이군! 얼른 재희 좀 일으켜 달라고!"

그래. 웃자.

얼굴은 웃고 있지만, 그 실상은 지옥이나 다름없다.

요 며칠간, 물에 빠진 생쥐 꼴이 아닌 적이 없었다.

극 중에서 도로 표지판을 잡고 한 손으로 수천 리터의 물을 맨몸으로 받아낸 적도 있었고, 물에 휩쓸려 내려간 딸을 구하기 위해 잠수와 헤엄을 반복하는 장면에서는 물을 너무 많이 마셔 하루 종일 헛구역질만 했다.

"물 좀 마셔."

"어우, 괜찮아요."

재익이 형이 건네주는 생수조차 끔찍하다.

어디, 그뿐인가.

오열하는 감정연기까지 하는 내 모습을 보고 있자면, 여기가 영화 촬영장인지 재난의 현장인지 분간이 안 될 정도.

〈데드 매니악〉은 '좀비'라는 설정 때문에 가끔 귀엽게라도 느껴졌지. 이건, 정말 공포 그 자체다.

24시간 중 16시간 이상 홀딱 젖어 있는 내 모습을 보며, 영미 씨가 말했다.

"어휴, 이 작품 진짜……. 역대급 재수 없어요!"

촬영 내내, 나를 졸졸 쫓아나니며 헤어드라이어를 달고 실었고 그녀의 손에는 핫팩과 이불이 들려 있었으며, 의상을 말리고 적시기를 반복했다.

"감기라도 걸리면 어쩌려고!"

감기는 걸리지 않았지만, 영미 씨 입장에서는 아마, 나와 함께했던 모든 작품 중 가장 고생하는 작품일 것이다.

이는 메이크업 아티스트 초희 씨 역시 마찬가지다.

어찌나 물에 들어가는 장면이 많은지 분장이 지워지면 수정하랴, 아예 씻고 처음부터 새로 분장하랴.

"저는 괜찮아요. 오빠. 제일 힘든 사람이 오빤데요, 뭘."

그러면서도 항상 웃고 있는 그녀들의 노고에 박수를.

여러 가지 이유가 있겠지만 이 촬영장은 분위기가 좋다.

"크하하! 재희! 물맛이 어때요? 물에서 오스카의 맛이 나나요?"

"……."

가끔은 돌아이같이 유쾌한 성격의 감독이나.

"정말, 감탄 밖에 나오지 않는군. 재희, 솔직히 말해봐요."

"뭐가요?"

"연기하는 기계 아닙니까?"

"음, 제가 기계였다면 아마 진즉에 고철로 변했을걸요."

"으하하! 그건 그래!"

내게 호의적인 배우들.

벤자민이 내게 다가와 뜨끈한 커피를 건네며 말했다.

"재희는 왜 항상 싱글벙글하고 있어요?"

"음, 촬영이 재밌잖아요."

"매일 홀딱 젖어서 울부짖는 게 재밌어요?"

"그럼요."

"에이, 설마요. 그게 뭐가 재미있다고."

"벤자민, 그렇게 궁금하다면 직접 들어와 보지 그래요?"

"후후, 아쉽지만 전 그런 장면이 없어요. 아시잖아요?"

극 중, 해양관제센터에서 일하며 세계적으로 닥친 이 재난을 해결하는 에이스 역할을 맡은 벤자민 찰리는, 아쉽지만 물벼락을 맞는 장면이 없다.

내가 장난스럽게 말했다.

"그것참, 아쉽네요."

"하하!"

하지만, 결정적으로 이 현장 분위기가 좋을 수밖에 없는 이유는 따로 있다.

현장 분위기를 움직이는 사람은, 다수의 스텝이 아니라.

단 '한 명'의 주연배우, 이 주연배우인 내가 이 현장을 사랑하고 있기 때문이다.

벤자민이 말했다.

"가끔 보면, 재희는 참 이상적인 배우라는 생각이 들어요."

"응? 제가요?"

"네. 뭐라고 비유해야 할지는 잘 모르겠는데…… 유토피아를 찾아온 개척자 같다고 할까. 자신들의 무리를 이끌고, 할리우드에 정박한 선장. 후훗."

"……."

유토피아라. 할리우드가 유토피아던가?

내겐 아직도 전쟁터처럼 느껴지는데 말이야.

벤자민이 커피를 들어 올렸다.

"여하튼, 대단합니다. 진심이에요."

그래. 여기 모여 있는, 나를 좋아해 주는 사람들이 내게 거는 기대감은 나도 잘 알고 있다.

그게, 내가 이 현장을 사랑할 수밖에 없는 이유이자 원동력이 된다.

내가 쓰게 웃자, 벤자민 찰리가 말했다.

"제가 일전에 레오파드 비트리오와 작품을 했잖아요."

"아, 네."

"그와 재희의 차이점 하나를 극명하게 느꼈어요. 말씀드려도 괜찮을까요?"

"물론이죠."

그와 나의 차이. 단순히 연기를 잘하고 못하고에서 오는 차이가 아니다.

그는, 자타공인 할리우드 최고의 배우 중 한 명이니까.

단지.

"제가 느끼기에 그는…… 즐기지 못했어요. 아주 무거운 무언가가 어깨를 짓누르고 있는 것 같았죠. 강박증이랄까."

마음가짐.

벤자민이 숨을 한 번 골라 내쉬더니, 미소 지으며 말했다.

"그에 반해, 재희는 항상 즐기고 있어요. 제 눈에도 보일 만큼. 이게 재희와 레오파드의 차이입니다."

레오파드 비트리오와 나의 차이.

"……그런가요."

나는 문득, 아카데미가 끝나고 술자리에서 설강식 선배님이 내게 한 조언을 떠올렸다.

욕심 대신, 꿈.

"……이런 말씀이셨구나."

"네?"

나는 황급히 손사래를 치며 싱긋 웃어 보였다.

"아무것도 아닙니다."

내가 카메라 앞을 떠나지 못하는 이유.

나는 내년의 오스카를 꿈꾼다.

게라드 윌리엄 주니어. 한때는 할리우드에서 유명 사설 주간지를 운영하며 '사생활에 문제가 있는 배우'들의 바짓가랑이를 붙잡고 나락으로 끌어내리는데 혁혁한 공을 세운 남자.

일간지를 해체하고 일선에서 물러났지만, 여전히 금요일 황금시간에 방영되는 〈게라드 쇼〉를 통해 할리우드에 지대한 영향력을 끼치는 이 백발의 노인은 고민에 빠졌다.

"요즘은 정말 쓸 만한 주제가 없군."

방송 작가들이 준비해 온 이 주의 '핫토픽'에는 쓸모있는 소식이 전혀 없었다.

"그런데 말이야……."

게라드 윌리엄 주니어가 눈살을 찌푸리며, 아이템 기획안을 들어 올렸다.

"짐머 에이니의 결혼 소식? 영화 '골든 레이디스'에 나온 그 여배우 말하는 거야? 그 여자가 결혼하는 것이 뭐 어떻다고? 제기랄! 아무리 특별한 소식이 없다고 해도 이딴 쓰레기를 방송하자고? 내가 전에 파파라치 운영할 때도 이딴 아이템은 쓰지 않았다고."

"하, 하지만 결혼하기도 전부터 임신을 먼저……"

"입 닥쳐. 그딴 건 방송할 곳 많으니까. 내 방송이 뭔지 잊었어? 우리는 '게라드 쇼'라고! 미국 토크쇼의 자존심이야. 우리 쇼에서만 할 수 있는 특별한 무언가가 필요해! 마약을 생수처럼 달고 다니는 팝스타. 감독 머리끄덩이를 붙잡고 싸운 여배우. 매춘부와 열애 중인 할리우드 영화감독. 뭐든 좋으니까 나가서 물어 뜯어오라고!"

"……."

하지만, 이러니저러니 해도 없는 죄 만들어 뒤집어씌울 수도 없고, 그런 사건 사고를 당장 어디서 구해오겠는가.

"제기랄. 나도 고민해 보지."

과장되고 괴상한 측면이 있기는 했지만, 게라드 윌리엄 주니어. 그의 노골적이면서도 솔직한 방송철학을 알 수 있는 부분이다.

대중들이 원하는 자극적인 방송이 무엇인지 알고 있다. 대중들이 〈게라드 쇼〉에서 무엇을 원하는지도 아주 잘.

하지만, 요즘 할리우드는 조용해도 너무 조용하다.

"레오파드 비트리오. 그 친구 소식은 없는 거야?"

게라드의 질문에 방송 작가가 말했다.

"네. 이번에 있었던 오스카 관련 인터뷰는 절대 받지 않겠다고 합니다."

"……아쉽군. 레오파드 그 친구만 섭외된다면, 2주 치 방송 분량은 뽑을 텐데 말이지."

'오스카에 올해에도 낙방하셨는데. 벌써 12년째입니다. 기분이 어떠십니까?'

이런 질문에 레오파드 비트리오의 일그러진 얼굴 하나만 뽑을 수 있다면, 〈게라드 쇼〉 동영상 클립은 수천만 뷰 정도는 가뿐히 넘고 팬들 사이에서 두고두고 회자 될 것이다.

하지만, 꿈일 뿐이다. 제아무리 〈게라드 쇼〉라고 하더라도 게스트가 원치 않는 질문을 할 수는 없지.

그때. 게라드 윌리엄 주니어의 눈이 번뜩였다.

"그럼, 곤란한 질문은 하지 않으면 어때? 응할까?"

"어떻게요?"

"부담스러울 수 있으니, 단독으로 말고. 레오파드 비트리오 외에 배우를 몇 명 뽑아보는 거야. 내년 남우주연상 후보로 가장 유력한, 현재 할리우드에서 작품을 진행하고 있는 배우들을 한자리에 초대하는 거지. 이름하여! 아카데미 특별편! 그 두 번째 이야기! 22년 아카데미 차기 남우주연상은 누가 될 것인가!"

"……오."

방송 작가들의 얼굴에도 호기심이 일었다. 게라드 윌리엄 주니어가 의도한 자극적이고 대중들이 원하는 방송에 제격이지 않은가.

문제는, 얼마나 배우들이 이 초대에 응하느냐 하는 것.

"레오파드가 초대에 응할까요?"

"레오파드 비트리오는 무조건 있어야 해. 그가 없는 남우주연상 후보 편은 아무 쓸모가 없으니까."

"그야, 그렇죠."

"수상 실패에 대한 질문은, 가볍게 유머로 넘기고. 내년 아카데미의 가장 유력한 후보로 소개해 주겠다고 말해. 방송의 포커스를 아예, 몰아주겠다고."

"아, 알겠습니다. 그럼 다른 배우들은 특별히 생각하신 배우가 있습니까?"

방송 작가의 질문에 게라드가 야심 차게 말했다.

"재희."

"……예?"

"그 친구에게 연락해 봐. UAA 소속이야."

"아, 네. 그럼 다른 배우들은?"

방송 작가의 질문에 게라드가 언성을 높였다.

"아예 전부 떠먹여 달라지 그래? 제기랄! 그런 것까지 하나하나 내가 정해줘야 하나? 시장 돌아가는 상황보고 적당히 맞추라고. 누가 더 오든, 어차피 둘 중 한 명일 테니까."

게라드 윌리엄 주니어. 영화와 배우를 보는 안목 하나는 타고난 그가 보증한 두 명의 후보.

레오파드 비트리오 와 도재희. 수상은 둘 중 하나.

"알겠습니다!"

방송 작가들이 섭외 미팅을 위해 분주하게 움직이는 사이, 게라드 윌리엄 주니어가 담배 하나를 꺼내 입에 물며 비릿하게 웃었다. 투견장에 소고기 한 덩어리만 던져둔 채 투견들을 풀어놓으면 어떻게 될까.

"나도 궁금하군."

그리고 금세 정신을 차리며 입에 문 담배를 내려놓았다.

"이제 이것도 끊어야지. 끄응."

"재희 너, 몸이 좀 좋아진 것 같은데."

"네? 제가 보기엔 똑같은데요."

"아냐, 분명 요즘 옷맵시가 달라. 영미 씨, 안 그래?"

"제가 오빠 몸을 매일 보잖아요."

영미 씨가 시선을 갑자기 아래로 내리더니 수줍게 말했다.

"……원래 좋았어요."

얼굴을 아주 살짝 붉히기까지 한다.

어, 어이. 이봐요. 갑자기 왜 그래요.

"······흠흠흠."

빨간 홍시처럼 얼굴을 붉히는 영미 씨의 모습을 본 재익이

형은 본인이 다 민망한 듯 투덜거렸다.

"흠흠. 뭐야, 왜 자기가 부끄러워하고 그래? 참, 나! 어. 이.

가. 없. 어. 서."

"왜 실장님이 화를 내세요?"

"내가 언제 화를 냈다고 그래? 그냥 황당하다는 거지."

"대체 뭐가 황당한데요? 오빠 몸이 원래 좋았다고 말했을

뿐인데?"

"······."

궁지에 몰린 재익이 형이 황급히 화제를 돌렸다.

"어, 어쨌든 내 눈은 못 피해가. 요새 몸이 좀 마르면서 탄탄

해진 느낌이야. 워낙 많이 뛰어서 그런가?"

"······아마도."

"요즘 운동 많이 했잖아. 결과가 나오나 보다."

뭐가 어쨌든. 좀비들에게 쫓기는 〈데드 매니악〉을 찍으면

서도 이렇게까지 열심히 뛰어다니지는 않았을 것이다.

〈쓰나미 인 캘리포니아〉는 촬영 자체가 해병대 훈련이나

다름없다.

뛰고, 구르고, 싸우고, 헤엄치고, 잠수하고. 극한의 촬영환

경 속에 몸을 극한으로 던진다.

이렇게 몸을 잔뜩 쓰다 보니, 어느새 액션이 몸에 익숙해져 버렸고, 액션 없는 감정연기만 하고 나면 몸이 찝찝할 지경이었다.

그럴 때면, 틈틈이 푸시업이나 윗몸일으키기 등을 하곤 했는데, 그 결과가 서서히 나타난 것이다.

"……."

나는 잘 모르겠지만, 영미 씨는 아는 모양이다.

"확실히…… 오빠 몸이…… 좋던 게, 더 좋아졌어요."

"알았다고요. 그만하시라고요."

그나저나, 재익이 형과 영미 씨의 분위기가 이상한데.

"실장님! 왜 자꾸 저한테 화내세요? 제가 싫으세요?"

"영미 씨가 자꾸 실없는 소리를 하니까 그렇지."

"제가 언제요?"

"……그, 그건."

왜 내 눈에는 질투하는 것처럼 보일까. 응? 왜 그럴까?

내가 눈을 게슴츠레하게 뜨고 재익이 형을 바라보자, 재익이 형이 내 눈치를 보곤 땀을 삐질 흘리며 주머니에서 전화기를 꺼내 들었다.

"여보세요? 아! 빌!"

"……."

갑자기 전화 받는 척을 한다고?

이것 참 수상한데. 영미 씨 반응도 이상하다.

원래 같았으면, '실장님 재수 없어'라며 아무렇지도 않은 얼굴로 중얼거리며 껌을 씹어야 하는 영미 씨가, 전화기를 붙잡고 있는 재익이 형 뒤통수를 얌전히 쏘아보기만 한다.

마치, 연인들끼리 '너, 나한테 사과해'라고 무언의 압박을 주듯.

"……아."

나는 의심을 혼자 속으로 삼키며 피식, 웃어버렸다.

"하하."

그래. 그럴 수도 있지 뭘.

머나먼 이국땅에서 타향살이하면서 영화 촬영 현장과 숙소를 계속 오가다 보면 없던 마음도 생기고 그러지 않는가.

뭐, 나는 아직 잘 모르겠지만.

그때 재익이 형이 멋쩍은 얼굴로 내게 다가왔다.

"어, 전화가…… 왔었어."

나는 장난스럽게 물었다.

"빌이에요? 빌이 뭐래요?"

아무 말도 하지 못할 것이라 여겼던 재익이 형이 묘한 표정을 짓더니 입을 열었다.

"게라드 쇼. 출연 제의가 왔어."

"……네?"

잠깐만. 〈게라드 쇼〉 출연 제의라고?

전화 받는 척하던 게 아니었던 거야?

"정말요?"

"응. 말 그대로야. 근데, 너 혼자는 아냐."

"그림요?"

"레오파드 비트리오. 그도 함께 출연한대. 오스카 특별편으로."

"……."

레오파드 비트리오가 함께?

··· 10장 ···

삼자대면

할리우드 최상위 포식자. 올해만큼은 반드시 오스카를 들어 올리기 위해 오직 자신만을 위한 영화를 만드는 배우, 레오파드 비트리오.

그가 선택한 영화는 서부극. 〈리벤지 아메리카〉. 1900년대 초반의 미국을 배경으로, 간악한 죄수를 이송하는 카우보이 역할을 맡았다.

죄수를 이송하는 도중, 거센 눈보라를 피해 들른 산장에서 예기치 못한 사건이 벌어지게 된다. 철저하게 1인칭, 카우보이의 시점으로 진행되는 영화의 가장 큰 장점은 관객들이 '레오파드 비트리오'와 함께 호흡한다는 것이다.

이 영화라면, 가능할지도 모른다.

그렇게 상황을 만들어가고 있으니까.

〈리벤지 아메리카〉의 제작을 맡았고, 연출도 직접 섭외했다. 출연하는 배우들은 모두 할리우드에서 내로라하는 연기파 배우들이지만, 비중이 크지 않다.

애초에 그런 작품을 고른 것이다.

혼자 다 해 먹기 위해.

"근데, 뭐라고?"

〈리벤지 아메리카〉 영화 준비에 한창인 그에게 섭외 의뢰 하나가 들어왔다.

토크쇼의 패왕, 〈게라드 쇼〉.

이름을 들은 레오파드가 거드름을 피웠다.

"아아, 그 프로그램 뭔지 알아. 게라드 그 영감, 아직도 현역인가?"

"맞아요."

"옛날엔 나를 찍기 위해 내 뒤꽁무니나 쫓아다니던 영감이었는데. 웃기지도 않는군. 근데 그 영감이 왜? '오스카 수상 실패'를 가지고 날 놀려먹으려고? 정말 그런 이유라면, 그렇다면 사람 잘못 봤는걸."

레오파드의 말에 에이전트가 차분히 설명하기 시작했다.

"오스카 관련은 맞지만, 분위기가 조금 달라요."

"어떻게 다르지?"

"올해에 주목받은 영화들에 출연하는 배우들을 한자리에 불러모을 계획이라고 합니다."

"……뭐?"

"아카데미 후보를 미리 뽑아보겠다는 거죠. 극장 개봉도 하지 않았지만, 이미 윤곽은 나왔을 테니까요."

"아아."

그제야 이해한 레오파드가 손가락을 튕겨냈다.

"그런 자리에, 내가 빠질 수는 없다. 뭐, 이런 건가?"

"맞아요."

"글쎄. 내가 거기 나가면 무슨 이득이 있지?"

에이전트가 말했다.

"영화 홍보 효과도 있고, 또 모든 대화의 방향을 레오파드에게 맞추겠다고 했습……"

그러자 레오파드가 듣기 싫다는 듯 손사래를 쳤다.

"시끄러워. 방송국이 아무리 떠들어봐야 내겐 아무런 이득도 없다고. 홍보 효과? 아직 찍지도 않은 영화를 가지고 뭘 홍보해? 그리고 내 위주로 돌아가는 쇼? 이제껏 아닌 방송도 있었던가?"

"……아."

"이득은 없어. 이건 확실해."

"……네."

에이전트는 레오파드의 말이 끝났다고 생각했다.

거절.

이제 조용히 고개를 끄덕이고, 〈게라드 쇼〉 제작진과 통화할 일만 남았을 것이라고 생각했다.

'레오파드가 싫다고 합니다.' 이렇게.

하지만, 레오파드는 말이 끝나지 않은 듯, 입꼬리를 씰룩였다.

"이득은 없어. 그런데, 참석하지 않으면 손해는 있겠군."

웃음을 참기 힘든 얼굴이었다.

"하, 그 간악한 영감. 그렇다고 막상 내가 참석하지 않으면, 체면이 서지 않는다는 말이지?"

방송국이 하라는 대로 놀아줄 생각도 없지만.

'오스카 후보'들이 모이는 쇼라면, 자신이 빠질 수는 없다. 레오파드가 참석하지 않아도 진행될 쇼라면?

애초에 참석할 수밖에 없는 그물인 것.

거기다.

"누가 참석한대?"

"지미 니콜라이. 그리고, 재희."

오스카 2년 연속 수상을 노리는 미국의 설강식이나 다름없는 지미 니콜라이와 무서운 기세로 할리우드 활동을 시작한 도재희까지. 요즘 할리우드에서 가장 핫한 배우들을 만나 탐색전을 벌일 수 있는 자리인 것도 사실이다.

"그렇단 말이지."

레오파드의 머릿속에 이득을 따지려는 계산기보다, 순수한 호기심이 동하는 순간이었다.

특히.

"도재희?"

작년까지만 하더라도 들어본 적도 없는 이름인데.

올해에 왜 이렇게 이름이 귀에 많이 들리는 걸까.

도대체 어떤 사람이길래?

"……일단은 긍정적으로 생각해 볼 테니, 확답은 주지 말라고. 게라드 그 영감탱이가 잔뜩 달아오를 때까지 말이야."

레오파드가 결정을 내렸다.

"얼굴 한번 보러 가지."

내가 〈게라드 쇼〉에 대해 가지는 감정은, 확실하다.

스타 한 명이 대중들에게 얼마나 영향력을 끼칠 수 있는지 극명하게 보여주는 대표적인 방송. 자극적이지만, 그만큼 효과적이다.

전년도(올 3월에 열렸지만) 남우주연상 수상자인 지미 니콜라이와 레오파트 비트리오. 그리고 나까지.

이 모두를 한자리에 불러모으는 것만 봐도 알 수 있다.

늑대들을 한 우리에 몰아넣고 대놓고 설전(舌戰)을 벌이겠다는 것. 〈게라드 쇼〉 측에서는 서로가, 서로를 헐뜯고 물어뜯는 그런 그림을 원할지도 모르겠다.

하지만, 아마도 그런 일은 발생하지 않을 것이다.

검독수리 새끼들의 경연장에서 그러했듯, 웃음 뒤에 교묘하게 비수를 숨길 테니까.

"할 거야?"

"……."

잠시, 고민해 보자. 대중들이 나를 아카데미 남우주연상 후보로 거론되는 것을 인정할까? 한국인인 나를?

그 자리에 나가면, 내게 무슨 이득이 있을까?

꽤 그럴싸한 무대인 것은 사실이다.

서로를 알아보기에 가장 적합한 무대인 것도 사실이고.

내게 따라오는 확실한 이득 두 가지는 지금 치솟아 오른 내 이름값을 지상 최대의 라이브 쇼를 통해 공고히 다지겠다는 생산적인 측면. 그리고 미국에서 내로라하는 연기파 배우들과 안면을 트게 된다는 점이다.

특히, 레오파드 비트리오가 궁금하다.

"해볼까요?"

내 말에 재익이 형이 피식, 웃었다.

"너, 궁금하구나? 레오파드 비트리오. 어떤 사람인지."

"……."

역시 벌써 나와 4년이 넘은 형은 내 얼굴만 봐도 감이 오는 모양이다.

"조금요."

"알았어. 촬영비는 날, 사전인터뷰 잡아볼게."

"네."

먼발치에서 나 혼자 견제하던 대상을, 이제는 직접 마주하게 된다. 과연, 어떤 사람일까.

"오랜만이에요, 재희. 트레일러가 아주 근사한데요?"

영화 〈쓰나미 인 캘리포니아〉 세트 인근에 있는 내 캠핑 트레일러에서 〈게라드 쇼〉의 사전인터뷰를 위해 제작진들과 만났다.

일전에 '조셉 이든 캣맨'과 함께 〈게라드 쇼〉에 출연한 경험이 있기에, 내게도 익숙한 제작진들.

"어서 들어오세요. 좁지는 않으세요?"

"좁다니요? 세 개를 이어붙인 건가요? 이거, 우리 집보다 넓어 보이는군요. 하하! 오늘 컨디션은 어때요?"

"저야 항상 좋아요."

"전보다 훨씬 보기 좋아 보이네요. 먼저, 몇 가지 질문을 드리겠습니다. 아시겠지만, 답하기 곤란한 질문은 삭제 요청 하시면 돼요."

"네."

1시간여가 넘는 라이브 쇼는 모두 이 사전인터뷰를 통해 만들어진 대본으로 이루어진다. 즉, 방송사고가 나지 않는 이상에야 일종의 짜고 치는 고스톱인 셈이다.

하지만 실제 방송은 즉석에서 질문이 이루어지는 것처럼 꾸며진다.

"질문드릴게요. 먼저, 요즘 어떻게 지내세요?"

통상적인 질문 몇 가지가 오갔다.

요즘 들어가는 작품, 차기작은 무엇인지, 아카데미를 직접 눈으로 지켜본 심정이나, '외국어영화상' 시상하며 느낀 기분은 어땠는지, 같은 평범한 인터뷰.

하지만 질문이 진행될수록, 이들이 정말 원하는 질문은 따로 있다고 느꼈다.

왜냐고.

"좋아요. 잘 들었어요. 재희. 자! 이제부터가 본론이에요. 이번 쇼에서는 특별하게 재미있는 게임을 하나 할까 해요."

"……게임이요?"

"네."

'게임'에 대한 이야기를 꺼낼 때, 제작진들의 얼굴이 환해졌으니까.

"그게 뭔가요?"

"O/X 게임입니다."

"O/X 게임?"

"네. 출연하는 배우들에게 공통질문을 드릴 겁니다. 거기에 맞는 답변에 대해 솔직하게 O/X 팻말을 들기만 하면 끝이죠. 일종의 진실 게임이랄까."

진실 게임? O/X?

이제껏 〈게라드 쇼〉에서는 없었던 코너다.

"……."

대답을 머뭇거리자, 제작진이 안심하라는 투로 말했다.

"재희, 걱정 마요. 모든 질문은 사전에 공개될 겁니다. 답변을 골라낼 시간을 충분히 드릴 거예요."

즉, 곤란한 질문은 하지 않겠다는 것.

내가 물었다.

"예를 들면, 어떤 질문인가요?"

"간단해요. 이 자리에 내년 오스카를 들어 올릴 배우가 있다고 생각하십니까? 뭐, 이 정도."

"……."

역시 한자리에 불러놓고 서로를 의도적으로 견제시킬 예정이다.

O를 들면, 누구라고 생각하냐고 물을 테고.

X를 들면, 여기 있는 배우들 모두를 낮게 본다는 뜻이다.

간단한 질문이지만, 선뜻 대답하기 곤란한 질문을 통하여 배우들의 성격이나 욕심, 서로를 얼마나 견제하는지 등등을 생방송이라는 점을 이용해 낱낱이 살펴볼 요량. 꽤 영리한 '룰'이라는 생각이 들었다.

거기다, 시청자 입장에서는 꽤 재밌을 것 같다는 생각도.

"한 가지 더 말씀드릴 점이 있어요."

"말씀하세요."

"재희가 O를 들지, X를 들지에 대해서 저희는 알지 못하니, O/X를 선택한 이유에 대한 '답변'을 미리 준비하시는 편이 좋을 거예요."

아. 반쯤은 리얼버라이어티나 다름없다.

질문은 짜고 치는 고스톱이지만, 그 질문에 대한 토크는 철저하게 현장에서 진행된다는 것.

"······그렇군요."

역시, 게라드 윌리엄 주니어. 이번 방송을 통해 제대로 불을 붙이겠다는 욕심이 눈에 보인다.

하지만 그만큼 '아카데미 시상식'에 대한 반응은 더 커질 테니, 부정적인 시각만으로 바라보지는 않는다. 판이 커지는 것은, 그만큼 높은 배당으로 이긴다는 것을 의미하니까.

이후에 질문들에 모두 대답하고, 제작진과 악수했다.

"그럼, 곧 스튜디오에서 뵐게요. 재희."

"조심히 들어가세요."

사전인터뷰를 마치고 제작진들이 내 트레일러를 나섰고.

나는 트레일러에 멍하니 앉아 시계를 들여다보았다.

저녁 촬영까지는 아직 1시간가량 남아 있는 상황.

"좀 쉬어."

재익이 형이 트레일러에서 빠져나가고, 홀로 남은 나는 제작진에게서 받은 'O/X 질문 용지'를 찬찬히 훑어보기 시작했다.

질문리스트를 받아 본 그 순간 내 속에 있는 누군가가 묻는 것 같았다.

'인간 도재희의 답변을 원해, 아니면 배우 도재희의 답변을 원해?'

아마, 다수의 사람들이 이런 고민을 할 것이다.

Q : 당신이 남우주연상을 받을 수 있다고 생각하십니까?

이런 질문을 받는다면 말이지.

인간 도재희가 가지고 있는 욕심과 배우 도재희가 보여주어야 할 겸손함, 둘 사이의 기로에 섰다.

"……."

내 속마음이 다시 물었다.

너는, 둘 중 무엇을 택할 거야?

〈게라드 쇼〉 생방송 녹화 당일. 나는 촬영을 위해 스튜디오로 향했다. 스튜디오로 향하는 차 안에는, 내 차기작 '환승'을 위한 준비가 끝나 있었다.

재익이 형이 웃어 보이며 깔끔하게 프린팅된 대본 한 부를 내게 건네주었다.

"이거, 박진우 감독님 영화 차기작."

"오. 완성하셨어요?"

"완성하신 지는 좀 되었는데. 그런데 캐스팅보다 급한 게 세트라서…… 다른 쪽 작업 먼저 마치신 모양이더라."

세트가 급하다고?

나는 궁금했지만, 이 대본이 주는 힘이 더 궁금했기에 묻지 않고 곧바로 대본을 펼쳐 들었다.

지금 타고 있는 배는 〈쓰나미 인 캘리포니아〉.

하지만 촬영이 막바지에 달했고, 다른 배에 환승해야 할 타이밍이다.

그때 나타난 박진우 연출의 할리우드 데뷔작.

박진우 선장. 도재희 일등항해사. 영화 〈알카트라즈〉.

배경은 가까운 근 미래. 억울하게 누명을 쓰고 '지옥의 섬'에 수감 된 죄수의 탈옥과 생존기.

시나리오를 읽으며, 왠지 모르게 일제강점기 혹은 미국독립전쟁 같은 이미지가 스쳐 지나간다.

이는, 내가 한국인이기 때문이 아닐 것이다.

주인공이 '동양인'이라는 설정은 거들 뿐.

본질은, 한 명의 억울한 인간. 판타지라는 장르를 통해 식민지배를 겪었던 국가, 혹은 그 지배자 입장인 국가, 양국 모두의 공감을 끌어낼 수 있는 영화.

완벽할 정도로 미국시장 입맛을 저격한 영화.

내 눈에만 보이는 점수가 말해주고 있다.

[99/100](+@)

지져스.

박진우 연출은, 그야말로 완벽에 가까운 시나리오를 집필하는 것에 성공했다.

재익이 형에게 물었다.

"이거, 읽어보셨어요?"

"응? 아직."

"······정말, 미친 영화예요."

아마, 한국에서도 제대로 먹힐 것이다.

재익이 형이 대본을 가리키며 말했다.

"지금 호주에 세트 짓고 있다고 하더라. 듣기로는 하이마운트 쪽에서 엄청 서두르고 있다고 하던데. 맞죠, 빌?"

운전대를 잡고 있던 에이전트 빌이 부연 설명했다.

"맞아요. 박 감독님 요청이라는 것 같더라고요. 하이마운트 픽쳐스에서 박 감독님 모셔가려고 엄청 공들였잖아요. 지금 호주 어느 부지에서 세트가 올라가고 있을 거예요."

"······."

서두르고 있다라.

그제야 캐스팅을 진행하기도 전에, 세트 먼저 짓기 시작했다는 재익이 형의 말이 이해가 되었다. 이 정도 스케일의 영화라면, 사실상 올해 개봉하는 것이 불가능에 가깝다.

세트에 공을 잔뜩 들일 것이고 들어가는 특수효과가 어마어마할 테니까.

하지만, 그만큼 서두른다는 것은 하이마운트 픽쳐스 쪽에서 박진우 연출에게 거는 기대가 상당하고, 올해 이 영화가 무사히 개봉되어 당장 내년 오스카라도 들어 올리길 원하는 것이다. 그래서 모든 지원을 아끼지 않는 것.

"좋네요."

내게도 물론 좋은 상황이다.

"그렇게 재밌어? 어디 줘봐. 나도 읽어보게."

"여기요."

영화 시나리오를 보자마자, 힘이 절로 솟는다.

이 영화를 이길 수 있는 영화가 있을까?

이보다 흥미진진한 영화를 미국에서 찾을 수 있을까?

적어도 지금 들려오고 있는 영화 중에서는 없다.

며칠 전에 내가 했던 고민.

Q : 당신이 남우주연상을 받을 수 있다고 생각하십니까?

이 질문에 대한 답변을 어떻게 할지 아직 정하지 못했다.

적당히 분위기를 살피며 할 생각이었는데 지금 기분으로는,
당당하게 O를 들 수 있을 것 같다.

이 자신감은, 〈게라드 쇼〉 녹화가 진행되는 스튜디오에 들
어서서도 변함없었다.

"어서 와요!"

스튜디오에는 게라드 윌리엄 주니어를 포함하여, 지미 니콜
라이, 레오파드 비트리오 같은 '거물급' 배우들이 앉아 카메라

리허설을 진행하고 있었다.

나는 초면인 배우들을 향해 인사했다.

"……안녕하세요."

할리우드 최성상급 괴물들과의 첫 만남.

나를 어떻게 생각할까. 게라드와 친하다는 이유로 주제도 모르고 이들 사이에 끼어 있다고 생각할까?

아무렴, 어때.

"도재희라고 합니다."

"……."

서로 이런저런 이야기를 주고받던 배우들이 나를 힐끔 바라보더니, 고개를 까딱였다.

"난 레오입니다."

레오. 레오파드 비트리오의 약칭.

초면에 스스로를 약칭으로 소개한다는 것은, 당연히 자신을 알고 있을 것이라는 전제를 깔아두고 시작한 것이다.

어마어마한 자신감이 숨어 있다고 볼 수 있다.

지미 니콜라이가 내게 악수를 청했다.

"지미 니콜라이입니다. 어디서 봤나 했더니…… 지난 아카데미 무대에서 본 것 같은데. 맞죠?"

"네. '외국어영화상' 섹션에서 시상을 했었습니다."

"역시 그 친구가 맞았구먼. 반가워요. 그냥 편하게 지미라고 불러줘요."

"반갑습니다."

〈게라드 쇼〉에 참가한 3인의 배우가 인사를 마쳤다.

레오와 지미는 서로 구면인 듯, 아주 자연스럽게 최근 근황에 대해 이야기를 나누기 시작했다.

대화의 주제는, 레오가 출연하는 영화 〈리벤지 아메리카〉에 대한 이야기였고, 주로 말을 하는 사람은 레오였다.

"엄청난 걸작을 준비 중이죠. 기대하셔도 좋아요."

"……."

스스로가 출연하는 영화를 걸작이라고 자찬하는 레오를 보며, 나는 스튜디오에 들어서며 팽배하게 유지한 이 자신감을 굳혔다.

이 싸움. 아마, 진흙탕 싸움이 되지 않을까.

그때, MC석에 앉아 우리를 조용히 지켜보던 게라드 윌리엄 주니어가 흐뭇하게 웃으며 말했다.

"걸작이라니! 레오! 지금 했던 말을 방송에서 다시 해주실 수 있나요?"

그러자 레오가 별것 아니라는 듯 말했다.

"그럼요."

"으하!"

게라드는 신난다는 듯 배를 잡고 괴상한 탄성을 질렀다.

"한자리에 모시기 힘든 분들임을 알기에…… 이 늙은이가 주책맞게 흥분해 버렸네요."

그러고는 잔뜩 흥분한 얼굴로 마지막 당부도 잊지 않았다.

"여기 있는 사람들은 모두 카메라 앞에서는 프로들이지만, 절대 잊지 말아요. 이 쇼는 라이브 쇼라는 사실을. 가끔 그 점을 까먹는 분들이 계시더라고. 편집을 요구해 봐야 이미 늦었다고. 껄껄."

마지막 신신당부를 끝으로 게라드가 소리 질렀다.

"자! 그럼 제대로 한번 놀아봅시다!"

지상 최대의 라이브 쇼.

〈게라드 쇼〉가 다시 한번 시작되었다.

왜 그런 것 있지 않은가. 학교 다닐 때 보면, 어느 반이든 싸움을 제일 잘하는 대장이 한 명씩은 있게 마련인데.

어느 날 듣도 보도 못한 전학생 한 명이 대뜸 나타나서는, 이렇게 말하는 거지.

'여기 대장이 누구야? 나랑 한 번 붙자.'

대장 입장에서는 기분이 어떻겠어.

'……'

전학생이 가소로워 보일 수도 있고, 귀여워 보일 수도 있을 것이고. 어쩌면 정말 겁을 집어먹을지도 모르지.

사람에 따라 다를 거야. 하지만 분명한 건.

'반 애들 앞에서 약한 모습 보이면 안 돼.'

반 친구들에게 겁먹은 얼굴을 보이고 싶지는 않을 것이다.

강해 보이고 싶을 것이다. 어쨌거나, 이제껏 이 친구들 위에서 군림하던 우리 반 대장이니까.

〈게라드 쇼〉는 그런 의미에서 아주 최적화된 무대를 만들었다.

할리우드 고등학교 체육관 뒤 공터.

구경꾼은 전교생이며 싸우는 주인공들은 할리우드 최정상에서 군림하는 대장들과 당돌한 전학생 한 명.

전교생이 지켜보고 있는 자리에서 치러진 예비 반장 선거.

물러서면, '쫄보'라고 인증하는 것이다.

"반갑습니다. 지상 최대의 토크쇼! '게라드 쇼'가 찾아왔습니다!"

금요일 밤의 시작을 알리는 게라드의 힘찬 외침과 함께 방송이 시작되었다.

"지난주에 예고해 드린 대로, 이번 주에는 그 어떤 방송에서도 본 적 없었던 할리우드 스타들이 출연합니다. 각각 방송에서 얼굴을 비춘 적은 있지만, 함께 나오는 것은 최초입니다. 오스카 특별편! 그 두 번째 이야기. 내년 오스카의 주인은 누구? 소개합니다. 지미! 레오!"

지미 니콜라이, 레오파드 비트리오.

이름만 들어도 어깨가 들썩이는 거물들 사이에 끼어버린.

"그리고 재희!"

도재희.

'쫄지 마.'

할리우드 최정상급 스타 지미와 레오 사이에서 잔뜩 주눅 든 모습을 보이고 싶지 않았다.

나는 이들의 들러리로 나온 것이 아니라 동등한 위치로 나왔기 때문이다.

그래서, 의도적으로 발걸음에 힘을 줬는지도 모르겠다.

발걸음이 조금 투박해지고, 살짝 말아진 주먹에 힘이 들어간다.

지미, 레오, 나. 순서대로 기다란 소파 가장 오른쪽에 앉았다. 자리에 앉아 여유롭게 물병을 들자, 게라드 윌리엄 주니어가 웃으며 말했다.

"제가 아는 모 기자가 이런 말을 하더군요. 게라드 쇼가 이 조합으로 방송을 하는 것만으로, 올해 다른 토크쇼들은 다 죽여 버렸다고. 난 웃으며 말했죠. 그딴 건 관심 없어요. 우리는 우리 갈 길을 가는 겁니다. 우리 쇼가 아니면 누가 이들을 이 자리로 불렀겠어요. 안 그런가요?"

"네!"

"좋아요. 손님들과 인사 한번 나눠보죠."

게라드의 능청스러운 질문과 방청객들의 열띤 호응으로 쇼가 시작되었다.

시작은, 가벼운 소개였다. 이름부터 시작된 간단한 자기소개와 함께 최근 근황에 대한 질문들이 이어졌다.

하지만 이러한 것들은 게라드의 말처럼.

"세 사람에 대해서 우리는 잘 알고 있잖아요. 한 명은 오스카의 주인, 또 다른 한 명은 할리우드에서 가장 유명한 배우, 마지막은 할리우드에 열풍을 일으키고 있는 외국인 배우. 더 이상 무슨 설명이 필요할까요."

어느 토크쇼에나 있는 지리멸렬한 초반 탐색전일 뿐이다.

여기는 〈게라드 쇼〉고, 이 쇼의 MC를 맡은 게라드는.

"이제 본론으로 들어가시죠."

어서 채찍을 꺼내 서커스의 사자들을 무대 위로 올리고 싶은 눈치였다.

"특별한 게스트를 맞이하여 아주 특별한 코너를 준비했습니다. 이름하여! O/X 토크!"

그래서 예정되어 있던 시간보다 5분 이른 시간에 O/X 팻말을 꺼내 들었다.

"룰은 간단해요. 제가 질문을 드리면, 게스트들은 이 O/X 팻말로 자신의 의견을 피력해 주시면 됩니다."

"질문에 대한 답이 O/X로 떨어지지 않으면 어떻게 합니까? 세상 모든 논리가 흑백으로 떨어지지 않듯, 세모도 있고, 네모도 있으면요?"

지미의 질문에 게라드가 웃으며 말했다.

"물론, 대답하지 않을 권리도 있습니다. 그런 분들은 들지 않으시면 됩니다."

그 말 뒤에는 '시청자들이 실망하겠지만'이라는 전제가 붙어 있었다.

조절은 게스트의 몫이다.

"첫 번째 질문드리겠습니다. 아주 간단해요."

게라드가 말했다.

"Q1. 이 자리에 내년 남우주연상 수상자가 있을 것 같습니까?"

자신감 어필, 혹은 이 자리에 없는 다른 배우들이 보면 기분이 나쁠지도 모르는 질문.

"오……"

질문과 동시에, 방청객들에게서 오! 하는 탄성이 들려왔다.

하지만 이런 반응과는 다르게, 대답은 아주 쉬웠다.

"들어주세요!"

O / O / O

셋 모두 동그라미를 들어 올렸으니까.

"와우!"

여기 사람들이 이 자리에 나온 이유는, 이미 가득한 자신감을 안고 이러한 '어필'을 하기 위해서다.

자, 닥치고 나를 지켜보라고. 내가 어떻게 하는지 말이야.

이런 의도가 진하게 깔려 있다.

현직에 있다 보면, 자신이 들어가는 영화를 제외하고도 비슷한 시기에 진행 중인 다른 영화 이야기를 듣고는 한다.

현재, 가장 수상이 유력한 작품은 레오의 〈리벤지 아메리카〉. 내 대표작으로 거론되는 것은 〈쓰나미 인 캘리포니아〉와 이미 개봉한 〈패브리케이터〉.

전문가들 의견으로는 내 쪽이 조금 약세다. 시나리오가 가지고 있는 힘이 〈리벤지 아메리카〉 쪽이 더 파워 풀하고 크다는 분석.

하지만, 아직 내게는 할리우드의 감시를 피해 해외에서 영화를 준비하고 있는 〈알카트라즈〉라는 '결정구' 하나가 더 남아 있다. 자신감을 가지기에 충분하다.

"다음 질문 가겠습니다. 음, 이 질문은 조금 더 흥미롭네요.

내년 오스카 '남우주연상' 수상자가 자신이라고 생각하십니까?"

방청객들이 그야말로 난리가 났다. O를 드는 순간, '내년 오스카는 내 것'이라는 문구로 내일 일간지 1면에 대문짝만하게 박히는 것은 자연스러운 결과다.

내가 가장 선택하기 어려워하던 질문이다.

페널티를 줄이는 방법은, ×를 들고 겸손으로 포장하는 방법이지만.

"들어주세요."

나는 O를 들었다.

모르겠다. 지고 싶지 않다는 오기 같은 것. 여러 가지 감정들이 복합적으로 발현되었다.

단순한 치기는 아니다.

결과는 × / O / O.

다행스럽게도, O를 들어 올린 남자가 한 명 있었다.

가운데 앉아 있는 레오였다.

방청객들이 그야말로 환호성을 지르며 휘파람을 불기 시작했고, 게라드도 잔뜩 흥분했다.

"O가 두 명이군요! 이렇게 제대로 격돌하게 됩니다. 자! 인터뷰 전에, 지미에게 먼저 묻죠. 지미, 왜 ×를 든 것입니까? 자신 없으신 겁니까?"

그러자 지미는 아주 여유롭게 웃으며 말했다.

"저는 올해 이미 들었으니까요. 아마도, 협회가 제게 2년 연속 주지는 않을 테니, 눈치껏 빠진 거죠."

"그렇군요. 꽤 그럴듯한 추측이지만, 지미. 혹시 모르잖아요. 하하! 그럼 여기 두 사람 중 한 명이 남우주연상을 들어 올린다고 생각하시나요?"

"네. 내년에 제가 오스카를 넘겨줄 사람은, 아마 제 생각에는…… 이 자리에 있습니다."

"그게 누구인지 여쭤봐도 될까요?"

게라드의 노골적인 질문에 지미가 여유롭게 받아쳤다.

"그건, 노코멘트 하지요."

분위기를 잔뜩 띄워놓고 결정적인 알맹이는 던지지 않은 채 지미가 퇴장했다.

하지만 장내 분위기가 가라앉지는 않았다.

게라드가 피치를 계속해서 올렸으니까.

"그럼, 이제 O를 들어 올린 스타들에게 물을 차례군요."

레오가 나를 흘낏 쳐다보는 시선을 느꼈다. 나 역시 그런 레오를 바라보았고, 둘의 시선이 허공에서 부딪혔다.

레오는 자신만만한 미소를 흘리더니, 마이크를 잡았다.

"저는 제가 받을 것 같습니다."

레오의 한마디에 방청객들이 뒤집어졌다.

그의 팬들은 환호했고, '오스카의 저주'를 받았다고 생각하는 사람들은 저 자신감에 놀라워했다.

"지금 준비하고 있는 영화는, '디트로이트 피플'을 처음 만났을 때보다 훨씬 강렬합니다. 서부극이죠. 황야에서 나고 자란 남자의 아주 처절한 분투기를 그리고 있습니다. 아주 걸작이죠."

게라드의 요청대로 '걸작'이라는 표현에 유독 힘을 준 레오는, 특유의 여유만만한 얼굴로 말을 마쳤다.

"촬영 준비는 모두 끝났고, 다음 주면 촬영에 들어가는데 아마 늦어도 연말에는 공개될 것 같습니다."

"······."

나를 포함해 많은 이들이 궁금해하는 질문.

'지난 12년간, 받지 못했던 상을, 올해에 꼭 받을 수 있다고 생각하는 이유가 무엇이냐?'

이 질문이 나올 타이밍이다.

하지만 게라드는 침묵했다.

대신, 구렁이 담 넘어가듯 넘겨버렸다.

"흥미진진한데요. 이제야말로 세간에 떠도는 '오스카의 저주'를 풀 때로군요. 부디 그 카우보이가 쥔 리볼버 방아쇠로 족쇄를 부숴 버리길 바랍니다."

"고마워요, 게라드."

"······."

아마도, 약속된 듯 보였다. 가장 맛있는 먹잇감이라고 할 수 있는, '레오파드의 수상 실패'를 걸고넘어지지 않았으니까.

대신 그 화살이 내게 넘어왔다.

"이번에는 재희에게 묻죠. 레오의 인터뷰를 들으셨는데, 기분이 어떠신가요? 자신감은 여전하신가요?"

나는 마이크를 들어 올렸다.

그리고 무덤덤하게 입을 열었다.

"네."

그리고 카메라 정면을 바라보았다.

카메라 렌즈 속에는 머나먼 한국에서 나를 응원해 주고 있는 사람들. 아카데미 시상식에 새로운 '기적'을 응원하는 사람들의 얼굴이 보였다.

이 주변에 내 편이라곤 아무도 없지만, 혼자 싸우는 것이 아니라는 느낌이 든다.

"저는, 제가 받을 것 같습니다."

질러 버렸다.

방청석에서 기대하지도 않았던 거대한 환호가 들려왔다.

레오×재희.

이쯤 되면 자존심 싸움이다.

"꿈이죠. 작년 나와서 했던 얘기와 같은 맥락입니다. 동양인도 미국에서 무언가를 해낼 수 있다는 것을 보여주고 싶어요. 그 시작이 바로 아카데미죠."

하지만 오만방자한 태도는 아니었다.

보다, 높은 꿈을 꾸고 있는 한 명의 작은 동양인 배우.

내가 품고 있는 청운(靑雲)의 꿈.

영화 사정에 어두운 현지인들이 듣기엔 '지 새끼는 뭐야?'라고 생각할지도 모르지만, 적어도, 나를 알고 있는 방청객들의 반응은 그렇지 않았다.

"휘이이익!"

휘파람을 불며 나를 지지해 주는 사람도 있었고, 이 도전에 의미를 부여하고 박수갈채를 쳐주는 사람도 있었다.

게라드가 방청석을 바라보며 희미하게 웃었다.

"작년 저희 쇼에서 보여준 재희의 모습들이 떠오릅니다. 강단 있고, 배짱 있는 모습이요. 그사이에 사적인 자리에서 몇 번을 보았습니다만. 이 친구, 한결같아요. 그래서 좋아하죠."

그리고 나를 바라보았다.

그의 얼굴에는 '자부심'이 있었다.

"최근 재희가 보여준 퍼포먼스는 매우 이례적인 상황들을 연출해내고 있습니다. 아다지오, 데드 매니악, 패브리케이터. 그가 참여한 작품들은 모두 흥행에 성공하고 있죠. 이렇게 시장에 빠르게 적응한 동양인 배우는 역사상 드물어요. 그게 재희를 이 자리에 초대한 이유입니다. 당신은 언더독의 자격이 있어요."

"감사합니다."

남우주연상을 노리는 언더독, 게라드는 꿈을 먹는 몽상가가 아니다. 누구보다 현실적으로 상황을 바라보고, 말한다.

"하지만 남우주연상은 분명 어려운 도전이 될 겁니다. 우리가 흔히 알고 있는 중국의 액션 스타들도 '주연'으로 많은 영화를 찍었지만 결국, 만족하지 못하고 할리우드에서 작품을 하지 않겠다고 선언하고 고국으로 돌아갔죠. 그들은 지금의 재희보다 더 유명했고요."

"맞아요."

모두 맞는 말이다. 이 액션 스타들이 할리우드를 떠난 이유도, 동양인에게 주어지는 한정적인 역할에 질렸기 때문이다. 연기로 인정받는 것이 아니라, 액션 잘하는 배우로 그쳤기 때문.

하지만 나는 그들과는 조금 다르다.

참여하고 있는 작품의 다양한 스펙트럼이 이를 증명한다.

"하지만, 저는 자신 있어요. 보여드리겠습니다."

내가 강렬하게 자신감을 내비치자, 게라드가 씨익 웃었다.

"게라드 쇼가 당신을 응원합니다."

자신만만한 신인으로 나를 포장하기엔, 이 정도면 딱 좋다.

하지만 그때 내 옆에 앉아 내 말을 조용히 경청하던 레오가 손을 번쩍 들었다.

"한 가지 궁금한 게 있는데."

게라드가 발언을 허가하지도 않은 상황에서, 레오가 입을
열었다.

그는 나를 똑바로 바라보며 말했다.

"정말 자신 있어요?"

"……"

대본에 없던 돌발상황이다.

레오는 전교생이 다 보는 앞에서 내게 묻고 있다.

'너, 정말 나보다 잘할 자신 있어?'

이 정도 도발은 내게 우습지.

나는 그를 똑바로 노려보며 말했다.

"물론이죠, 레오."

'네가 뭐라고'라고 말하는 듯한 내 눈을 조용히 바라보던 레
오가 쓴웃음 지었다.

"……그것참 기대되는군요."

전학생 한 명이, 신고식를 마쳤다.

··· 11장 ···

언더독을 밟아라

아카데미 남우주연상이 모든 것을 말해주지는 않는다.

그까짓 상하나가 대체 뭐라고, 그거 없어도 잘나가는 배우
는 여전히 잘나가고, 못 나가는 배우가 상을 받는다고 월드 스
타가 되지는 않는다.

즉, 절대적인 수치는 아니다.

하지만, 분명한 것은.

배우로서 자존감을 높여주는 '심벌'이 되기는 한다.

레오가 '오스카의 저주'에 콤플렉스를 느끼듯, 나 역시 태생
적인 콤플렉스를 가지고 있다.

한국 팬들이 내게 갖는 기대감. 한국의 몇몇 배우들이 나를
향해, 미국에서 절대 성공하지 못할 거라고 말하는 질투 섞인

시선.

이들에게 반응해 주는 확실한 방법은, 남우주연상을 수상해 직접 보여주는 것. 이러한 측면으로 볼 때 〈게라드 쇼〉는 사람들의 말초신경을 자극하고, 나라는 인간을 사람들에게 공고하게 알린 기회였다.

'나, 그렇게 물렁 하지 않아'라고 온몸으로 뿜어냈으니까.

적어도 나는, 이렇게 긍정적으로 생각한다.

레오는 다른 모양이었지만.

'내년 오스카 '남우주연상' 수상자가 자신이라고 생각하십니까'라는 질문이 끝나고 레오파드 비트리오는 약간의 평정심을 잃은 듯 보였다.

생방송이라 대놓고 싫은 기색을 드러내진 않았지만, 나와의 문답에서는 의도적으로 대답을 단문으로 짧게 취했고, 나와 눈이 마주칠 때면, 동공이 미약하게 흔들렸다.

나를 견제한다기보다는, 내 도발적인 태도가 마음이 들지 않는 것이 분명했다. 실제로 방송이 끝나고 카메라가 꺼지자, 레오는 내게 이렇게 말했으니까.

"적당히 하지 그랬어."

"……예?"

"정말 남우주연상을 받을 수 있을 것 같아? 심사를 누가 하는데?"

심사위원단은 주로 백인. 모두 할리우드에 전반적인 영향을 끼치는 저명한 영화인들. 즉, 내 편은 아니다.

이를 정확히 꼬집으며 레오가 말했다.

"생방송에서 말을 함부로 뱉는 것이 아니야. 하지만 이미 늦었지. 전 세계 사람들이 당신의 그 허황된 각오를 들었을 테니까. 얼마나 부끄럽겠어."

"……."

나는, 그렇게 잘 알고 있는 너는 왜 12년간 헛물을 마셨냐고 쏘아주고 싶었지만, 속으로 삼켰다.

굳이 감정을 드러내는 것은 하수다.

"어디, 있는 힘껏 해보라고!"

그의 마지막 충고를 끝으로 만남은 끝났다.

다음 날, 할리우드 연예계 일간지에서는 쓴웃음을 짓는 레오의 사진을 대문짝만하게 걸어놓고 '레오의 기선제압 완패'라는 문구를 달았지만, 정확히 반나절이 지나고 사라졌다.

그 반나절 사이, 할리우드를 뒤덮은 문구는, 내 자신만만한 얼굴과 함께.

[할리우드 제왕에게 도전장을 내민 오만한 신인배우.]

"유치하게 나온다 이거야? 빌! 보고만 있을 거예요?"

이는 다분히 나를 견제하는 내용이었고, 레오의 에이전트에서 손을 쓴 것이 분명했다.

하지만, 재익이 형이 화를 잔뜩 낼 만큼 신경 쓰이는 정도는 아니었다.

"형, 저는 괜찮으니까 너무 신경 쓰지 마세요."

어차피, 방송은 그렇게 나가지 않았기 때문이다.

방송을 본 사람은 안다. 누가 착했는지를.

-레오, 엄청 긴장했던데요. 그건 제가 알아요. 이제껏 저런 표정을 본적 없거든요. 재희 말이 신경이 쓰이긴 쓰였나 봐요?

영화 〈디트로이트 피플〉을 통해 레오와 인연을 맺었던 벤자민 찰리가 문자를 통해 직접 보증했다.

생방송에서 오히려 감정을 드러낸 사람은 레오였다.

-재희. 쓰레기 같은 일간지 따위는 무시해요. 적어도 제게는, 재희가 레오보다 좋은 배우입니다. 그건 둘 모두와 작업해 본 제가 잘 알아요.

-걱정해 줘서 고마워요. 벤자민. 저는 괜찮습니다.

나는 벤자민에게 문자를 보내고 휴대전화를 주머니 속에 밀어 넣었다. 일간지에서 나에 대해 이러쿵저러쿵 떠들어대는 모양이지만, 귀 기울이는 사람은 없었다.

대중들의 반응은 대체적으로 궁금하다는 반응이다.

올해에는 레오가 수상 할 것인가. 아니면, 커리어가 범상치 않은 동양인 루키에게 자리를 내줄 것인가. 아예 다른 새로운 배우가 탄생할 것인가.

"이제 어떻게 할 거야?"

"결과로 보여줄 수 있도록 노력해야죠."

대중들이 원하는 싸움을 시작했으니, 이제 이겨야지.

"어떻게?"

자, 이제 어떻게 할 것인가?

유치하게 또 말싸움을 벌일 생각은 없다. 언론을 이용하여 레오를 물어뜯을 생각도 없고, 심사위원들에게 잘 보이기 위해 굽힐 생각도 없다. 나는 내 마지막 '결정구'인 〈알카트라즈〉에만 집중하기로 했다.

나는 전화기를 다시 꺼내 들었다.

"전화 한 통화만 할게요."

조급해하지 말자.

나는 이 영화가 〈리벤지 아메리카〉보다 더 대단한 획을 그을 것이라는 사실을 나는 알고 있지 않은가.

개봉 시기만 맞출 수 있다면, 문제없다.

또르르, 착신음이 끝나고 박진우 연출이 전화를 받았다.

"감독님, 저 도재희입니다."

나는 영화 준비로 눈코 뜰 새 없이 바쁜 박진우 연출에게 말했다.

"한번 찾아뵐까 하는데, 언제가 좋으신가요?"

〈게라드 쇼〉 생방송이 끝난 직후 레오파드 비트리오는 차량으로 돌아가기 위해 엘리베이터에 몸을 실었다.

그때.

"아, 잠시만."

덜컹! 엘리베이터를 붙잡으며 지미 니콜라이가 얼굴을 내밀었다.

"같이 내려가자고."

"……그러시죠."

그러고는 넉살 좋게 웃으며 엘리베이터 안으로 들어섰다.

"루루."

생방송이 꽤 즐거웠던지 지미 니콜라이가 수염을 쓰다듬으

며 콧노래를 불렀고 이를 조용히 바라보던 레오가 지미에게
물었다.

"아까 O/X 쇼에서, 저랑 도재희. 둘 중 한 명이 오스카를 들
것 같다고 말씀하셨죠?"

"응? 그랬었지."

"그게 누굽니까?"

레오파드의 질문에는 '가시'가 있었다.

잘못 대답하지 말라는 가시.

이를 잘 알고 있는 지미 니콜라이가 레오파드를 슬쩍 바라
보더니 풉, 하고 웃음을 터뜨리며 말했다.

"왜? 궁금해?"

"네."

"그야 당연히 자네지."

"……"

"당연한 걸 묻는군. 라이브 쇼에서 재희에게 대놓고 '너는
절대 받지 못할 거야'라고 면박을 주면 되겠어? 고향 떠나 먼
길 온 새싹을 그렇게 밟아버리길 원해? 그래야 속이 풀리나?"

"……아니죠."

"이해 한번 빠르군."

엘리베이터 문이 열리자, 지미 니콜라이가 내리며 말했다.

"그럼, 또 보자고. 레오."

"……."

덜커덩!

엘리베이터 문이 닫혔다.

하지만, 이상하게도 엘리베이터의 공기는 얼어붙었다.

레오는 듣고 싶은 대답을 들었음에도, 그의 표정이 밝지 못했기 때문이다.

"……."

아니, 오히려 딱딱하게 굳었다. 잔뜩 화가 나 있는 듯한 얼굴이었다.

레오는 닫힌 엘리베이터 문을 황망히 바라보며 중얼거렸다.

"저, 늙은이가 거짓말을 하고 있어."

질문과 동시에 짧은 순간에 흔들린 지미의 동공. 맹수 같은 관찰력으로 그 찰나의 모습을 놓치지 않은 것이다.

"지미 니콜라이, 게라드 윌리엄 주니어. 두 늙은이가 오늘따라 내 빈정을 상하게 하는군."

"……."

레오는 이 엄습해 오는 찝찝함을 감출 수가 없었다.

왜지.

'도대체 어떤 배우길래?'

뭔데 지미 니콜라이가 자신과 도재희 사이에서 거짓말까지 해가며 고민하느냔 말이다.

"그 영화 뭐라고 했지?"

"무슨 영화요?"

"그 도재희라는 친구가 출연한 오웬 감독 영화."

"패브리케이터요."

"그거 한 장 준비해. 가장 빠른 시간으로."

"네."

아무래도 돌아가자마자 도재희 연기를 직접 눈으로 봐야겠다는 생각이 들었다.

나는 박진우 연출을 찾았다.

박진우 연출이 머무르고 있는 곳은, 하이마운트 픽쳐스 인근에 있는 직원 레지던스. 레지던스라고는 하지만, 3성급 호텔 부럽지 않은 높고 쾌적한 건물 외관을 자랑했다.

나와 에이전트, 경호원 두 명이 함께 이곳을 찾았다. 이곳과 하이마운트를 오가며 영화 준비에 한창인 박진우 연출은 며칠 동안 면도도 제대로 하지 못한 듯한 몰골이었다.

"이거, 죄송합니다. 제 꼴이 말이 아닙니다."

"아, 괜찮습니다. 요즘 많이 바쁘십니까?"

"아, 뭐 조금. 필요한 소품 및 대도구 디자인 작업 중인데 디자이너가 일을 영 시원찮게 하는군요. 그것 때문에 잠을 설쳤더니……."

"안 좋은 타이밍에 찾아온 제가 나빴네요."

나는 웃으며 테이블 가득 너저분하게 놓여 있는 종이들을 흘깃 보고는 물었다.

"좀 자세히 봐도 될까요?"

"아, 네. 물론이죠."

영화 세트 디자인 시안. 현지 기용 가능한 보조출연자 인원 및 장비 분출 현황. 캐릭터 의상 디자인과 컨셉 시안. 크루 명단, 캐스팅 현황, 로케이션 스케줄표. 현재 짓고 있는 세트 사진……. 촬영 전에 준비를 마쳐야 할 모든 정보가 어지럽게 놓여 있었다.

"요 며칠간, 정말 전쟁터였습니다."

"……그렇군요."

박진우 연출이 얼마나 다량의 업무를 소화하고 있는지 대번에 드러나는 순간. 이 중에서 내가 가장 주목한 것이, 바로 '세트'였다.

촬영의 메인 무대는 '알카트라즈'라는 지옥의 섬에 세워진 감옥이다. 세트만 잘 준비되어 있으면, 감옥 내에서 이동이 많지 않기 때문에 실상 촬영은 어렵지 않다. 오래 걸릴 것도 없다.

세트를 어떻게 짧은 시간 안에 잘 준비하느냐가 관건.

하지만 사진에는 벌써 어느 정도 '감옥 섬'의 윤곽이 잡혀 있는 모습이었다.

거무칙칙한 아스팔트 색감의 콘크리트 벽 외관. 100m는 될 법한 거대한 담장. 핼리캠으로 하늘에서 내려다본 지옥 섬의 모습은 악마의 얼굴을 닮아 있었고, 알카트라즈 감옥 내부도 이미 디테일하게 잡혀 있었다.

나는 놀라 물었다.

"이게…… 어떻게 된 거죠? 세트를 벌써 지었나요?"

하지만 대답은 의외로 심플했다.

"아. 영화사에서 일전에 '어웨이크 프리즌'이라는 영화를 촬영했던 세트가 있었는데. 그곳을 아예 리모델링해서 싹 뜯어 고치고 있습니다."

"……아!"

텅 빈 부지에 새롭게 짓는 것이 아니었다. 기존에 다른 작품에 쓰였던 세트의 기본 골격을 유지하고 내부 디자인과 외부 색감만을 고치는 작업 중인 것. 이렇게 하면, 확실히 시간을 절약할 수 있을 것이다.

"정말 다행이네요."

"네, 다행이죠."

나는 자리에서 일어나며 말했다.

"그럼, 이만 가보겠습니다. 많이 바쁘신 것 같은데."

"웅? 그냥 가신다고요?"

"네. 진행 상황을 눈으로 좀 보고 싶었습니다. 언제쯤 촬영에 들어가게 될지 궁금해서."

만족스러운 방문이다. 영화의 이미지를 촬영 전에 한 번 훑어볼 수 있었으니까.

오랫동안 박진우 연출의 시간을 뺏을 수 없지.

"되도록 빨리 들어갔으면 했는데, 다행히도 조만간 들어가게 될 것 같군요."

내가 빙긋 미소짓자 박진우 연출이 물었다.

"자, 잠시만요. 지금 빨리 들어가고 싶으시다 하셨나요?"

"네? 네."

"그, 촬영 중이시던 영화 스케줄은 다 끝나셨습니까?"

"쓰나미 인 캘리포니아 말씀이라면, 촬영을 모두 마쳤습니다. 못 들으셨나요?"

박진우 연출이 갑자기 자신의 이마를 탁! 치며 말했다.

"아! 일전에 분명히 전해 들은 것 같습니다. 그때 너무 경황이 없어서 그만 잊어버렸군요. 잊을 게 따로 있지. 젠장."

박진우 연출이 조금 얼빠진 얼굴로 달력을 들여다보기 시작했다. 손가락을 세어가며 날짜를 계산하는 듯했다.

〈쓰나미 인 캘리포니아〉는 기존 촬영 종료 예정일보다 열흘가량을 앞당겨 끝냈다.

당연히 당장 내게 잡힌 스케줄은 특별한 것이 없다. 물론, 에이전시에서 쓸데없는 행사 따위 만들려면 얼마든지 만들어내겠지만, 그런 것에 참석하고 싶지는 않다.

그런데.

"지금. 스케줄이 없다고 하셨죠."

"……네."

지금 스케줄이 생길 것 같은 예감이 든다.

아주 진하게.

아니나 다를까, 박진우 연출이 달력을 펼치며 말했다.

"도 배우님. 촬영을 열흘 빨리 들어갈 방법이 있는데."

열흘이나 빠르게?

"뭡니까?"

그게 뭘까.

박진우 연출의 입에서는 아주 의외의 말이 튀어나왔다.

"호주에 먼저 가주실 순 없겠습니까?"

"네?"

호주에 먼저 가라고?

"왜요?"

"현지에 무술팀을 꾸렸습니다. 세트를 넘나드는 프리 러닝(파쿠르) 동작에 대한 숙달과 이해도가 필요하니까요. 무술팀 쪽에서도 가장 많은 합이 필요한 도 배우님과 미리 만났으면 하더군요."

"……"

무술팀과 내가 미리 만나야 하는 이유.

건장한 신체를 만들어야 하기 때문이다.

호주에 도착하자마자 트릭킹 짐에서 프리 러닝을 훈련하고,
코치들에게서 러시아 실전 무술인 시스테마를 배워야 한단다.

실컷 구르고 뛰고, 몸을 날리자는 것. 이제껏 찍은 영화 중,
가장 다양한 액션이 들어가는 영화기 때문에, 어찌 보면 당연
한 얘기다.

액션도 그냥 막 싸움이 아니라, 살인 무술.

"일찍 내려가셔서 다른 배우분들과 먼저 훈련하고 계시면,
저희도 모든 준비 마치고 금방 내려가겠습니다."

"……"

물론, 대역 배우가 존재하지만, 내가 동작의 기본을 알고 있
는 것과 모르고 있는 것은 꽤 차이가 크다.

영화를 위해서도 도저히, 거절할 수 없는 제안이다.

아니, 내가 미리 요청해서라도 해야 하는 일이다.

"언제 가면 되나요?"

"빠르면 빠를수록 좋습니다."

"그럼, 최대한 빨리 출발할게요."

호주로 간다.

··· 12장 ···

오스트레일리아 신드롬

호주는, 할리우드뿐만이 아니라 전 세계 영화인들의 눈길을 사로잡는 대자연을 품고 있는 곳이다.

　상상해 보라. 끝이 보이지 않는 광활한 사막과 거대한 바다가 맞닿아 있는 대자연 속을 단신의 몸으로 달아나는 한 명의 인간.

　이를 하늘에서 핼리캠을 통해 찍는다면 그 인간은, 얼마나 작고 하잘것없이 보이겠는가. 아마, 개미처럼 작고 가냘프게 보일 것이다.

　박진우 연출이 원하는 그림도 바로 이런 그림이었다.

　그래서 결정된 장소가 바로 호주, 뉴사우스웨일즈 주에 있는, 바다와 사막이 맞닿아 있는 자연항 '포트스티븐즈'.

이곳을 둘러싸고 있는 카루아 강 동쪽으로 해리 3㎞ 가까운 곳에 떨어져 있는 작은 섬. 리틀 아일랜드.

'악마 섬' 세트가 지어지고 있는 곳이며, 영화 〈알카트라즈〉의 메인 무대가 있는 곳이 바로 이곳이다.

대략 1개월 반에서 두 달 정도가 걸릴 호주 현지 촬영, 약 한 달의 미국 촬영.

두 달 반에서 석 달 정도가 소요될 이번 일정은, 후반 작업을 최대한 줄이기 위해 CG를 최소화하고 특수효과를 총동원할 예정이다. 액션도 많고, 위험천만한 촬영이 예정되어 있다.

그렇기에 미리 준비할 '사전 훈련'은 필수불가결하다.

나는 LA에서 15시간을 날아와 호주 시드니 국제공항에 도착했다. 공항에서 미리 도착해 있는 하이마운트 픽쳐스 현지 팀들과 만나 시드니에서 북동쪽으로 160㎞ 떨어진 포트스티븐즈(포트스테판)를 향해 차로 내달렸다. 3시간 정도를 달려 도착하니, 어느덧 해가 뉘엿뉘엿 질 무렵이 되었다.

"다 오셨습니다."

"아, 여기가……."

"네. 포트스티븐즈입니다."

척박한 토양 때문에 거대한 항구로 발전하지 못했다고 하는 이 도시의 분위기는, 적당한 도심과 작은 해안 마을이 절묘하게 이루어져 있다고 해야 할까.

눈만 돌리면 아름다운 강가와 선착장이 즐비하다.

메인 여행지라고 할 수는 없고, 시드니 여행 코스에 끼어 있는 정도로 인기 있는 휴양지. 낚시, 크루즈, 사막에서 타는 썰매인 샌드 보드로 유명한 이곳의 첫 느낌이 나쁘지 않다.

"숙소로 안내해 드리겠습니다."

"네."

호텔은 리조트 형태부터 최대 4성 이상급 호텔들이 있었는데, 주로 내륙이 아닌 해안을 빙 둘러싼 형태로 이루어져 있다.

즉, 어디로 가나 훌륭한 휴식을 선사하는 곳이라는 것.

그중에서 만트라 아쿠아라는 호텔로 안내받았다. 바다가 인접해 있지는 않지만, 인근에 식당도 많이 밀접해 있고, 가장 시설이 괜찮은 편에 속한다고 한다.

하이마운트 픽쳐스 측 직원은 '5성급 이상'의 숙소가 근방에 없다는 것을 매우 미안해했는데 내가 충분히 만족하자, 조금 의아한 눈으로 바라보기도 했다.

빌이 말하기를, 5성급 이상 호텔이 아니라면 시외로 나가서 묵겠다고 암묵적으로 시위를 벌이는 할리우드 스타들도 있다고 한다.

어딜 가나, 꼴통들은 넘쳐흐른다.

"이야, 여행 온 기분이네."

재익이 형이 한껏 들뜬 목소리로 말했고, 영미 씨가 조용히 고개를 끄덕였다.

"오빠! 오늘 한잔 어때요?"

영미 씨가 내게 술자리를 제안했지만, 나는 웃으며 고개를 가로저었다.

"전 피곤해서요. 오늘은 쉴게요. 내일 준비도 해야 하고."

놀러 온 것이 아니잖아.

"아……."

영미 씨가 아쉬운 듯 입맛을 다셨다.

"재익이 형이랑 마시고 와요."

"네? 실장님이랑요?"

"응? 나? 영미 씨랑 둘이서?"

"네. 모처럼 여기까지 왔는데, 둘이 다녀오세요. 초희 씨도 데리고 가시던가."

"에엑?"

둘은 질겁하면서도 서로의 눈치를 살폈다.

나는 피식 웃으며 어깨를 으쓱이고는 그대로 뒤 돌아 숙소 안으로 들어섰다.

술도 좋지만, 오늘은 좀 쉬고 싶다. 먼 길을 오기도 했고, 내일 있을 훈련에 대비하여 충분을 휴식을 취해야 하기 때문이다.

방으로 돌아와 샤워를 마치고 호텔 가운을 걸친 채 그대로 침대에 드러누웠다.

꿈을 꾸었다.

무슨 꿈인지 잘 기억은 나질 않는데.

정말, 흠씬 두들겨 맞는 꿈이었다.

눈을 뜨니, 푸르스름한 새벽이다.

시간은 6시 10분. 꿈은 무의식의 발현이라던데, 왠지 모르게 온몸이 쑤시는 듯한 기분이 든다.

아니면 예지몽일까. 오늘 내가 흠씬 두들겨 맞는 건가.

씻고 방으로 나오자 재익이 형이 문 앞에 서 있었다.

"일어났네? 푹 쉬었어?"

"아, 네. 형은요? 술 드셨어요?"

내 질문에 재익이 형이 황급히 화제를 돌렸다.

"음, 어어. 뭐, 간단하게. 아침 먹으러 가야지?"

"네."

호텔 1층에서 간단하게 조식을 먹었다.

그러고 보니, 어제 시드니 공항에 도착해 핫도그 하나 먹은 게 전부였구나.

든든하게 식사를 마치고 영미 씨가 건네준 검은 트레이닝복으로 갈아입었다. 그리고 현지 파견된 하이마운트 직원의 안내를 받아 시내로 나갔다.

목적지는, 넬슨 벨리에 있는 트릭킹 짐(Tricking Gym).

마샬아츠 트릭킹(인간이 맨몸으로 구현할 수 있는 가장 화려한 보여주기식 무술)을 전문적으로 배우는 곳을 말한다.

호주로 오기 전에 찾아본 동영상들에서는 맨몸으로 하는 동작이라고는 믿기 힘들 만큼 화려한 동작들이 주를 이뤘다.

한국에서 잠깐 액션 스쿨을 다니고, 틈틈이 맨몸운동을 한 것이 전부인 내가 해낼 수 있을까.

우리는 트릭킹 짐 앞에 도착했다.

"어라, 그냥 체육관이네?"

"그러게요."

하지만, 트릭킹 짐이라는 거창한 이름과는 다르게 그냥 어디에나 있는 체육관이었다.

"여기엔 당연히 트릭킹 짐이 없죠."

"아."

그래. 작은 휴양지인 이곳에 그런 곳이 있을 리 만무하지.

조그만 체육관을 하나 통째로 빌려 사방에 매트리스를 붙여 놓고 곳곳에 매트리스를 이용해 '구조물'을 만들어놓은 것이다.

우리는 체육관 안으로 들어섰다.

그곳에는 '구조물'을 지지대 삼아 이리 뛰고 저리 뛰는 사람들이 가장 먼저 눈에 들어왔다.

"……우와."

마치, 서커스를 보는 듯했다.

우리는 이 모습을 보고는 입을 쩍 벌렸고.

하이마운트 직원이 설명하기를, 모두 촬영 때 투입될 무술 팀 배우들이라고 한다.

그런 우리들에게 다가온 한 동양인 남자가 있었다.

"반가워요."

능숙한 영어로 말을 건 이가, 영화 〈알카트라즈〉의 무술 코치를 맡은 자이라 첸.

태국 출신의 유명 무술 감독이라고 한다.

"재희, 정말 보고 싶었어요."

"아, 네네."

"하루라도 빨리 훈련에 들어가야죠. 안 그래요?"

이자가, 내게 훈련을 제안한 남자.

"……아, 네. 그런데 며칠 만에 제가 이런 걸 할 수 있나요?"

내 단도직입적인 질문에 자이라 첸이 눈을 껌뻑였다.

"아뇨."

"……네?"

"당연히 안 되죠. 고작 열흘에서 보름 사이에 할 수 있을 리가 없어요. 그런데, 어차피 와이어를 달고 할 거니까 자세만 익히면 됩니다."

"……."

그럼 그렇지.

몸에 와이어를 매달고 진행될 촬영. 와이어가 나를 띄워주면 나는 360도 회전하고 기가 막힌 자세로 발차기를 하면 되는 것이다.

하지만 프리 러닝의 기본 골자를 이해해야 하는 작업이 수반되어야기에, 이렇게 빨리 부른 것이고.

즉, 여기서 훈련을 내가 성실히 임할수록 영화는 빠르게 끝난다.

나는 양팔을 붕붕 돌리며 소리쳤다.

"좋아요. 시작하시죠."

"오, 꽤 의욕적이네요."

"그럼요. 뭐부터 할까요?"

옆돌기? 360도 회축? 발차기? 살인 무술을 배우나?

하지만 자이라 첸은, 입꼬리를 올리며 단호하게 말했다.

내 상상력을 무참하게 짓밟으며.

"체육관 100바퀴. 서전트 점프 100회. 푸시업 100회. 이게 한 세트. 총 3세트 반복하세요. 오전 안에 끝내세요."

"……."

꿈에서 흠씬 두들겨 맞은 꿈은, 아마 예지몽이었나 보다.

이제껏 〈7년의 기억〉이나 〈데드 매니악〉에서는 전문적인 액션이 많이 필요하지 않았다. 형사, 유학생 정도가 막 싸움을 하고 방망이를 휘두르고 총을 쏘는 것이 전부였으니까.

그래도 그동안 액션은 꽤 괜찮게 해냈다고 생각했는데, '전문적인' 액션 영화는 달라도 확실히 다르다.

내가 100% 기술을 구현할 수 없기에 와이어와 편집이라는 문명의 이기를 이용하는데도, 숨이 벅찰 만큼 힘들다.

"집중!"

자이라 첸이 내게 불호령을 쳤다. 이 태국인 무술 코치에게는 '설렁설렁'이라는 것이 존재하지 않는다.

나를 보고 싶었다며, 동양인 배우의 워너비라며, 순수한 미소를 지어 보인 것은 오직 첫날뿐.

"벌써 지쳤습니까! 이래서는 아무것도 못 찍습니다! 하루 종일 대역배우랑 씨름하고 NG만 내고 싶습니까!"

벌써 사흘 넘게 진행된 훈련 동안, 내게 채찍질만 해댄다.

아이고, 코치님. 죽을 것 같다고요.

영화 〈알카트라즈〉는 억울하게 감옥에 수감 된 군인 출신 병사의 탈출기를 그린다.

'닌자'처럼 담벼락을 타기도 하고, 고층 건물을 멀리뛰기 하여 이동하기도 한다. 그 과정에서 일어나는 현란한 액션신은 그야말로 일품이다.

……내가 소화할 수만 있다면.

첫날엔 온몸에 알이 배겨 제대로 움직이지도 못했고, 둘째 날에는 이 상태에서 가만히 있으면 더 힘들다고 내 등을 떠밀며 억지로 움직이게 했다.

다행스럽게도 셋째 날부터는 몸이 조금씩 적응을 하는 듯하더니. 넷째 날에는 지옥 같은 체력단련을 끝내고 본격적으로 프리 러닝을 배우기 시작했다.

가장 기본이 되는 벽을 두 손으로 짚으며 측면으로 빙그르르 회전하는 추진력으로 튀어나가는 동작부터, 내 몸에 와이어를 매달고 장정 셋 넷이 달라붙어 익히는 고급 기술까지 이어졌다.

"안 힘들어?"

"한 번만 더 하죠."

"너도 참. 다치면 큰일 난다?"

정신만 제대로 차린다면 다칠 일은 많지 않다. 바닥에는 매트리스가 깔려 있고, 내 몸에는 전문가들이 묶어놓은 와이어가 달려 있으니까.

약 열흘간 미친 듯이 훈련에 훈련만 거듭한 것 같다.

처음에는 힘들기만 했던 기초 체력 훈련도 점점 적응되었고, 비록 와이어의 힘을 빌렸지만, 허공에서 540도 회전하며 착지하는 동작도 가능해졌다.

체육관에서 운동을 시작한 지도 어느새 보름. 그사이, 미국에서 작업을 마무리 지은 박진우 연출이 호주에 도착했다.

박진우는 호주에 도착하자마자 숙소로 가지 않고 제일 먼저 도재희가 있는 체육관을 찾아왔다.

"감독님 오셨습니다."

"어서 오세요."

"도 배우님은 어디 계십니까?"

"저기요."

무술 코치 첸이 가리킨 곳에는 도재희가 벽을 타고 몸을 빙그르르 돌려 착지하고 있었고, 와이어를 마치 제 몸의 일부처럼 이용하며 자연스럽게 동작을 선보이고 있었다.

"아?"

얼핏 보았을 때, 무술팀으로 착각할 만큼 어색함이 없었다.

불과 보름 만에 달라진 도재희의 모습에 박진우는 주먹을 꽉 쥐었다.

"어, 어떻습니까?"

두서없는 질문이었지만, 무술코치 자이라 첸은 용케 알아듣고는 고개를 끄덕였다.

"기본적으로 운동에 재능이 있어요. 무엇보다 겁을 먹지 않아요. 와이어 액션이 처음은 아닌 것 같은데, 잘합니다. 예상했던 것보다 훨씬 더."

박진우는 체육관을 휘젓고 다니는 도재희의 모습을 보며 침을 꿀꺽 삼켰다.

자신이 썼던 글 속에 있는 배역의 모습이 불현듯 스쳐 지나간 것이다.

'똑같아.'

도재희는 어느덧, 〈쓰나미 인 캘리포니아〉에서 가족들을 위해 몸을 내던지던 가장의 모습을 쫙 빼고 〈알카트라즈〉에 어울리는 인물로 변해 있었다.

카리스마, 전사, 군인.

박진우 머릿속에 있는 캐릭터 그 자체.

'머리 스타일만 바꾸면 되려나.'

도재희는 투 블럭 컷에 차분한 생머리를 하고 있었는데. 머리 스타일만 조금 손 보면 완벽할 것 같았다.

'어떤 스타일이 좋을까.'

행복한 고민을 하며 박진우가 미소지었다.

박진우 연출은 호주에 도착하자마자 체육관으로 나를 찾아왔고 나는 운동을 잠시 멈추고 호흡을 골라냈다.

"감독님 오셨어요?"

"네. 이야, 연습 많이 하셨네요. 요 보름 사이에 얼핏 보기에도 몸이 단단해진 느낌인데요."

"괜찮나요? 조금 더 불려야 할까요?"

"아뇨. 지금이 과하지도 않고 딱 좋아요."

근육질 이미지가 고착된 액션 배우가 아닌 이상에야 몸을 만드는 작업도 일정 수준에서 멈추는 것이 일반적이다.

물론, 젊음이 무기인 아이돌 출신 배우들이나, 비주얼 배우에게는 보기 좋은 몸은 강점이 되지만.

연기할 스펙트럼이 넓은 전문 배우들은 오히려 신체 밸런스만 잘 유지하지, 아름다운 몸매에 대해 크게 집착하지 않는다.

배역에 따라 종종 근육을 빼야 하는 경우도 생기기 때문이다. 이럴 때는, 차라리 작품에 들어가기 몇 주 전부터 운동에 집중해서 배역에 맞는 체형을 '만드는 것'이 빠르다.

지금의 나처럼.

또한, 머리카락 역시 마찬가지다.

"대신에 머리카락은 조금 정리했으면 하는데."

나는 평소에 기본적으로 머리카락을 자주 자르지 않는다.

헤어스타일은 배역의 이미지를 한눈에 보여주는 아주 훌륭한 장지인데, 감독이 긴 머리를 원할 경우 짧은 머리를 길게 만들 수 없으니 일단은 기르는 것이다.

지금도 앞머리가 눈꺼풀을 찌를 만큼 내려왔지만, 박진우 감독의 헤어스타일 컨펌이 없었기 때문에 잠자코 기다리는 중이었고.

"생각하신 스타일이라도 있으신가요?"

그런데, 그 헤어 컨펌이 오늘 떨어졌다.

"좀 더 강렬했으면 좋겠는데. 어떻게 생각하세요? 스타일리스트님은?"

"아, 잠시만요."

곁에 있던 영미 씨가 다가와 앞머리를 정리해 주더니.

"으음."

심각한 눈으로 나를 바라보았다.

그러곤 영화 〈알카트라즈〉에 대해 분석한 내 캐릭터에 대해 말하기 시작했다.

"극 중 캐릭터가, 불명에 퇴역한 군인이었죠. 퇴역하고 정확히 3개월 뒤, 억울한 누명을 쓰고 감옥에 갇히게 되는데……음. 삭발을 생각하시는 건가요?"

삭발. 필요하다면 필요한 절차다.

하지만 박진우 연출이 손사래 쳤다.

"아뇨, 꼭 그런 건 아니지만. 십 년 가까이 군 생활을 한 군인이라면, 퇴역을 당하더라도 머리를 기르지는 않았을 것 같아서요."

"오빠 머리가 생머리라, 너무 짧으면 떠서 보기 싫거든요. 짧게 자른 뒤에 다운 펌으로 옆머리는 살짝 죽이고, 윗부분 기장은 조금 살리는 게 어떨까요?"

"좋아요. 일단 보여주세요."

"네. 촬영 일에 맞춰서 준비하겠습니다."

영미 씨는 서둘러 나가더니.

"따라와요."

재익이 형을 잡아끌며 근처의 미용용품점을 알아보기 시작했다.

"응? 나?"

"그럼요. 그럼 혼자 보낼 생각이에요?"

"아, 알았어. 자, 잠시만!"

두 사람이 빠져나가고 주위를 둘러보니 체육관은 어느새 텅 비어 있었다. 나는 의자 두 개를 가지고 와 박진우 연출에게 앉을 것을 권했다.

"앉으세요."

박진우 연출이 옆자리에 앉으며 나를 바라보았다.

"훈련은 할 만하십니까?"

"생각보다 재미있던데요."

"자이라 첸 코치의 칭찬이 자자하던데요?"

"네? 그 호랑이 코치가요? 그럴 리가. 매일 저를 못 잡아먹어서 안달인걸요."

"하하! 아니에요. 정말 칭찬했습니다."

그의 눈이 묘해졌다.

마치, 자랑스러운 동생을 보는 듯 대견하다는 눈이었다.

"아까 정말 멋지던데요. 자이라 코치 말처럼, 정말 재능 있으신가 봅니다. 보름 만에 이 정도로 하실 줄은 몰랐어요."

"와이어 덕분이죠. 다른 분들은 와이어 없이 맨몸으로 하시는데요."

"그분들은 맨몸으로 무술을 하실 수는 있겠지만, 절대 도배우님 같은 그런 눈빛을 내지 못할 겁니다."

"……."

내가 가진 눈빛.

"정말, 제가 생각하던 눈빛이었어요. 도 배우님은 어쩜 그렇게 제 마음을 잘 아십니까?"

그야, 책 대본을 먹었으니까.

난 어색하게 웃으며 물었다.

"촬영은 언제 들어갈 예정이십니까?"

"세트가 완료되는 즉시 바로요. 저도 아직 세트를 둘러보지 못했습니다만, 곧 완료될 예정입니다. 배우님은 세트에 가보셨습니까?"

"아뇨."

매일 아침, 하이마운트 픽쳐스 직원들은 분주하게 선착장에서 보트를 타고 리틀 아이랜드(악마 섬)로 이동했는데.

나는 이곳 '포트스티븐즈'에 도착한 뒤로 체육관과 숙소만을 오가며 운동만 했다.

나 역시, 세트 상황이 매우 궁금한 상태지만 내가 가서 본다고 뭐가 달라지겠는가. 호기심을 죽이며 운동만 하는 거지.

"그럼. 말 나온 김에 지금 한 번 둘러보시겠습니까?"

"아, 그럴까요?"

하지만 박진우 연출이 함께 간다면 얘기가 다르지.

가고 싶다.

"가시죠."

"그럼 해 지기 전에, 얼른 출발하시죠."

박진우 연출, 나. 하이마운트 픽쳐스의 제작 PD는 차량으로 인근 선박장인 넬슨 베이 포인트로 이동했다.

포인트에는, 시드니 국제공항 화물을 통해 들여온 촬영 장비, 소품 대도구 따위가 바닥에 잔뜩 쌓여 있었다. 크고 작은 보트를 이용해, 이 짐들을 모두 '악마 섬' 안으로 들이는 작업이 진행 중이었다.

개중에는.

"이긴 혹시…… 제 캠핑 트레일러인가요?"

"네. 도 배우님 집입니다. 하하."

거대한 캠핑 트레일러도 있었다.

내가 기존에 쓰던 것과 똑같은 최고급 모델.

아마, 현지에서 준비한 듯했다.

"마음에 드시나요?"

"……."

악마 섬 안에 들여놓고 촬영 중간중간마다 휴식을 취하라는 배려. 어찌, 마음에 안 들 수가 있을까.

"그야, 물론이죠."

"하하, 다행입니다."

해가 지기 시작했기 때문에, 짐을 옮기는 것이 시급했다. 급한 짐들을 먼저 실어 보내고 난 뒤에, 우리는 넬슨 베이 포인트 선박장에서 10인승의 새하얀 연출용 보트를 타고 섬으로 이동했다.

쌔애애애액.

시원한 여름의 바람이 이마를 가르며 내게 날아왔다.

조금 전까지만 해도 땀으로 축축하게 젖어 있던 트레이닝복이 환기되며, 시원해진다.

육지에서도 보이는 '악마 섬'은, 실제로도 그리 멀지 않은 곳에 위치해 있었다. 크고 작은 섬 두 개를 지나고 정 가운데 보이는 작은 섬 하나.

악마 섬.

약 20분여를 달려 작은 부둣가에 보트가 정박하자마자 보트는 짐을 옮기기 위해 포인트로 돌아갔다.

우리는 하이마운트 직원의 안내를 받으며 언덕길을 올라갔는데, 초입부터 시끌벅적한 소리가 들려왔다.

깡깡!

망치질 소리.

"이봐! 비키라고!"

"아, 예예!"

"이것 좀 같이 옮길게요!"

소품 옮기는 소리.

"여기! 키 라이트 하나 더 달자."

조명 설치하는 소리.

드륵! 드르륵.

외벽 페인트칠 하는 소리, 촬영 감독들이 섬 곳곳을 둘러보며 앵글을 확인하는 소리.

이 모든 사람들이 왁자하게 움직이며 한마음 한뜻이 되어 세트를 짓고 있었다.

이들의 염원이 담긴 세트는, 그야말로 환상적이다.

"어떠세요?"

"……미쳤네요."

더욱 놀라운 점은, 대본에 기재된 그 자체였다.

감옥 내부의 조그만 창문 너머로는, 마치 폭격이라도 휩쓸고 지나간 듯한 황폐한 시가지가 드러난다.

〈알카트라즈〉는 판타지 영화다. 감옥이지만, 그 안에는 간수들을 위한 거처가 마련되어 있다.

일종의 작은 사회다.

'벌레들끼리 모여 살아봐'라는 극 중 대사처럼 법전 아래에 죄수가 깔려 있고, 법 위에 간수가 있는-철저한 계급이 지배하는 공간이다.

감옥, 집, 시가지, 건설현장, 작업장, 채굴장.

거무튀튀하고 더러운 것들은 죄다 모여 있는 공간.

박진우 연출 머릿속에만 존재하던 그 공간이 악마 섬 안에 그대로 재현되었다.

박진우 연출이 하이마운트 픽쳐스에 얼마나 대단한 신뢰를 얻었는지 확인할 수 있는 부분.

박진우 연출 역시, 흡족한 얼굴이었다.

"괜찮은데요. 아직 미흡한 부분은 채굴장 쪽인 것 같은데……
저쪽은 일단 촬영을 먼저 진행하고, 중간중간에 작업해도 늦
지 않겠어요."

"네, 맞아요."

"이거. 생각보다 일찍 촬영에 들어가게 될지도 모르겠네요.
도 배우님이 먼저 와서 준비해 주셔서 다행입니다. 덕분에 바
로 들어갈 수 있겠어요."

우리는 한동안 말없이 작업 중인 세트를 바라보았다.

다시 봐도 역시 근사하다.

와이어를 타고 저 건물 지붕에서 점프하고, 벽을 넘나들며
이곳 세트를 휘저을 상상을 하니 피가 뜨거워진다.

그렇게 한참 동안 세트 구경에 빠져 있던 우리를 향해 다가
온 사람, 박진우 연출의 분신이나 다름없는 김민희 PD였다.

김민희 PD는 나란히 서 있는 우리 두 사람을 보며 말했다.

"우리도 참 오랜 인연이네요. 그렇죠?"

"입대 동기나 다름없죠. 한 명은 입봉. 한 명은 영화 데뷔."

"꺄르륵! 그 말, 정말 맞네요."

김민희 PD는 나와 박진우 연출을 가리키며 푼수처럼 웃었
다. 그리고는 손가락으로 저 멀리 세트를 가리켰다.

"그런데, 이것 참 이상하죠?"

"네?"

"봐봐요. 저기 일하고 있는 사람들이 누군지."

"……."

할리우드 영화의 메카, 하이마운트 픽쳐스.

그제야 김민희 PD님의 말을 이해한 나와 박진우 연출은 서로를 마주 보고 웃었다.

"그러네요. 참, 이상하네요."

"네. 저도 기분이 조금 이상해지네요."

몇 년 전, SAFA 건물에서 처음 만나던 날을 생각해 보면, 참으로 기이한 일이다. 불과 몇 년 전까지만 하더라도 '입대 동기 이등병'이나 다름없던 업계 초보들이.

당당하게 한국인 감독과 한국인 주연배우가 되어 할리우드 사람들을 이끌고 호주에서 영화를 찍는다.

"이런 날을 상상이나 했겠습니까."

"맞아요."

제작비는 1,700억 원이 훌쩍 넘어가는 초대형 블록버스터에, 대규모 해외 로케이션. 이 영화의 중심에 우리가 있다.

박진우 연출이 내게 고개를 꾸벅 숙였다.

"도 배우님. 이번 작품도 잘 부탁드립니다."

"아, 감독님도 참."

나 역시 황급히 고개를 숙였다.

"저야말로 잘 부탁드립니다."

그러자 곁에 있던 김민희 PD님이 깔깔거리며 웃었다.

"뭐 하는 거예요! 사람들 다 보는데."

"앗, 그런가."

가녀린 두 팔로 우리를 벌떡 일으키시더니, 계속 깔깔거리며 웃으셨다.

그 웃음소리가 너무 시원해, 나도 모르게 계속 입꼬리를 올리고 있었다.

할리우드 영화인들의 감시에서 잠시 벗어나, 비상을 준비하는 잠룡(潛龍), 이 잠룡의 비상을 축하해 주듯, 이글이글 불타오르는 남반구의 석양.

그 석양을 등지고 우리는 서로의 손을 꽉 잡았다.

"자, 감독님 한마디 하시죠."

내 제안에 박진우 연출이 쑥스럽다는 듯 헛기침을 하더니 입을 열었다. 그 입에서는 이제껏 듣지 못한 아주 '상스러운' 말이 튀어나왔지만.

"할리우드. 이 자식들 제대로 한번 씹어 먹어봅시다."

"푸하하!"

박진우 연출이 말하니, 귀엽게 느껴진다.

맞는 말이지.

"할리우드가 뭐 별건가요."

그래. 이제 그 날도 얼마 남지 않았다.

할리우드? 레오? 아카데미 시상식?

모두 기다려.

내가 입꼬리를 올렸다. 내가 생각하기에도 아주 사악하게 느껴지는 웃음이었다.

"다 씹어 먹어버리죠."

To Be Continued

Wish Books
OTHER VOICES
악마의 음악
WISHBOOKS MODERN FANTASY STORY
경우勁雨 현대 판타지 장편소설
[악마의 목소리가 담긴 음악으로
세상에 행복을 줄 수 있을까?]
지미 헨드릭스부터 라흐마니노프까지
꿈속에서 만나는 역사적 뮤지션!
노래를 사랑하는 소년에게 나타난 악마.
그런 소년에게 내려진 악마들의 축복.
악마의 음악
수많은 악마의 축복 속에서
세상을 향한 소년의 노래가 시작된다.